소중한 _____ 에게

_____ 가(이) 선물합니다.

_____

모비 딕

허먼 멜빌 지음

뉴욕의 부유한 무역상 집안의 8형제 중 셋째로 태어나 부족한 것 없이 자랐습니다.
그러나 13세에 아버지가 파산 상태에 이른 후 사망하는 바람에 학교도 중단하고, 은행과 상점에서
잔심부름 등을 하며 전전했습니다. 20세에는 상선의 선원이 되어 영국의 리버풀까지 항해했고,
22세에는 포경선의 선원이 되어 남태평양으로 나갔으며, 1844년 군함의 수병이 되어 귀국했습니다.
1846년 포경선에서 탈주하여 남태평양 마르키즈 제도의 식인 마을에 살았던 경험을 그린 「타이피족」을
발표하면서 작가 활동을 시작했습니다. 주요 작품으로는 장편 「사기꾼」, 단편 「서기 버틀비」
「베니토 세레노 선장」과 유작이 된 중편 「빌리 버드」가 있습니다.

최인학 엮음

경북 김천에서 태어나 동화 「노래하는 꽃동산」을 발표하여 문단에 나왔습니다.
동화집 「달을 먹는 아이」 「우물 안 개구리」 「풍자와 우화」 등 수많은 창작 동화와 전래 동화집을 출간했습니다.
한국아동문학인협회 회장을 지냈으며, 이주홍아동문학상 · 민속학술상 · 박홍근아동문학상 등을 받았습니다.

2025년 02월 10일 2판 6쇄 **펴냄**
2011년 08월 25일 2판 1쇄 **펴냄**
2004년 04월 01일 1판 1쇄 **펴냄**

펴낸곳 (주)효리원
펴낸이 윤종근
지은이 허먼 멜빌
엮은이 최인학 · **그린이** 박요한
등록 1990년 12월 20일 · **번호** 2-1108
우편 번호 03147
주소 서울시 종로구 삼일대로 457, 406호
전화 02)3675-5222 · **팩스** 02)765-5222

ⓒ 2004·2011, (주)효리원

잘못 만들어진 책은 구입하신 서점에서 바꾸어 드립니다.
ISBN 978-89-281-0108-5 64840

이메일 hyoreewon@hyoreewon.com
홈페이지 www.hyoreewon.com

모비 딕

허먼 멜빌 지음
최인학 엮음 / 박요한 그림

효리원
hyoreewon.com

나는 모비 딕(내가 어릴 적엔 제목이 『백경』이었지요.)을 세 번 읽었습니다.

첫 번째는 대학에 다닐 때요, 두 번째는 대학에서 학생들을 가르치기 위해서요, 세 번째는 이번에 책을 엮으면서입니다. 읽을수록 재미가 있어 여러분에게 꼭 권하고 싶은 책입니다. 식견이 풍부하고 스케일이 너무 커서 그 웅대함에 놀랐던 명작이기도 합니다.

고래에 관한 전문적인 지식을 갖추고, 포경업에 관한 연구를 누구도 따를 수 없을 정도로 멋지게 해낸 멜빌에 대하여 나는 경의와 존경을 표하지 않을 수 없습니다. 또 선장 에이허브와 같은 등장인물의 성격 묘사는 그를 집념의 사나이로 부각시켜 놓았고, 소설에 흔히 쓰는 작법이긴 하나 이스마일이란 청년을 내세워 자기의 경험을 말하게 한 형식도 돋보입니다.

우리는 이 작품에서 적어도 네 가지 주제를 발견할 수 있습니다.

첫째는 '반항'이란 주제입니다. 에이허브 선장은 모비 딕을 끝까지 추격하다 결국 목숨을 잃게 됩니다. 이것은 우리에게 자연의 순리에 반항하는 결과는 죽음밖에 없다는 것을 말해 줍니다. 매플 목사가 요나와 고래에 대한 비유를 들어 반항에 대하여 생각하게 해 주는 것도 우리로 하여금 하느님에 대한 반항을 생각하게 하는 것입니다.

둘째는 '우정'입니다. 이 작품에서는 반항의 대조적인 개념으로 우정을 나타냈습니다. 에이허브 선장의 반항과 반대되는 우정이 이스마일과 퀴퀘그에 의하여 아름답게 엮어지고 있습니다.

셋째는 '책임감(임무)'이란 주제입니다. 피쿼드 호의 주요 책임은 고래를 많이 잡아 고래기름을 생산하여 수익을 올린 뒤 가족들이 있는 고향으로 무사히 돌아가는 것입니다. 그러나 모비 딕에 대한 집념이 강한 에이허브 선장 때문에 목적을 이룰 수가 없게 됩니다.

마지막으로 생각할 수 있는 주제는 '죽음'입니다.

이 소설의 시작 부분에는 이스마일이 '피터 코핀'이라는 여인숙을 찾을 때부터 죽음과 관련된 말이 나옵니다. 에이허브가 개인적으로 고용한 페들러라는 작살잡이는 죽음에 대한 예언을 하기도 합니다. 이 글에 등장하는 인물들은 이스마일을 제외하고는 모두 죽음으로 끝을 맺습니다.

여러분도 이 명작을 통하여 네 가지 주제, 즉 '반항', '우정', '책임감', '죽음'에 대하여 생각해 보기를 바랍니다.

엮은이 최인학

| 차례 |

| 고래에 관하여 |

일반적으로 포유강 고래목에 속하는 모든 수서 동물을
고래라고 부른다. 보통 몸길이가 4미터 이상인데, 작은 것은 돌고래라고
부른다. 하지만 생물학적으로 큰 차이가 없으며, 뚜렷한 구별 역시 없다.
고래는 세계적으로 약 100여 종이 있으나, 한반도 주변에는
약 40여 종이 서식하고 있다. 고래는 태어나서 죽을 때까지
물속에서만 사는 유일한 포유류다.

나는 고래잡이배를 탄다

나를 이스마일('방랑자', '추방당한 자'라는 뜻을 담고 있다.)이라고 불러 달라.

지금으로부터 몇 년 전의 일이다. 그 당시 나는 주머니에 돈도 없고, 별로 할 일도 없어서 '배를 타고 항해나 할까?' 하는 생각을 했다.

그렇다고 승객이 되어 배를 타겠다는 것은 아니었다. 승객이 되어 배를 타려면 지갑에 돈이 두둑하게 들어 있어야 할 텐데, 나는 그렇지 못했다.

승객의 입장도 아니었지만, 그렇다고 요리사나 심부름꾼 같은 일을 하기 위해 배를 타기도 싫었다. 내가 바다로 나갈 때는 당당하게 고깃배의 뱃사람이 되어야 한다고 생각했다.

그리고 나는 돛대 바로 앞이나 갑판 위, 또는 배에서 가장 높은 돛대 꼭대기에서 일하는 것을 보람 있는 일이라고 생각했다. 더구나 그런 직책은 보는 사람에게도 신뢰를 줄 수 있을 것 같았다.

물론 처음 얼마 동안은 어리둥절하고 뭐가 뭔지 몰라 헤맬 수도 있을 것이다. 하지만 며칠 지나면 모든 일에 익숙해질 것이라는 믿음이 생겼다.

마지막으로 또 한 가지, 내가 선원이 되어 바다로 나가려는 이유는 맑은 공기를 마음껏 마시면 건강에 좋을 것 같기 때문이었다. 넓고 푸른 바다를 항해하다 보면 가슴이 탁 트일 것이고, 세상도 내 품에 다 들어올 것처럼 여겨질 것이다. 또한 신기하고 재미있는 일도 많을 것 같았다. 그래서 나는 항해를 하기로 결심했다.

건강한 젊은이라면 배를 타는 것이 아무리 위험하고 힘들다 할지라도 한 번쯤은 용기를 내서 해 볼 만한 일이었다. 그래서 나는 도전하기로 마음을 정했다.

나는 젊고 건강했다. 따라서 고깃배를 타고 항해를 하면 돈도 벌 수 있고, 모험도 즐길 수 있을 것이다. 게다가 소중한 경험까지 쌓을 수 있으니, 그야말로 일석삼조가 아닌가. 정말 최고의 기회라는 생각이 들었다.

그리고 내가 항해를 하기로 결심한 가장 중요한 동기는 거대한 고래에 대한 놀라움을 금할 수 없었기 때문이다. 괴상하고 신비로운 그 괴물은 내 호기심을 자극하기에 충분했다.

　　또한 바다에 떠 있는 섬들, 해변가에 즐비한 야자수, 갖가지 색깔의 꽃들……. 그 모든 색다른 자연이 도시에 파묻혀 사는 나를 유혹했다. 나는 늘 그런 세상을 동경했다.

　　또한 미개인들이 사는 해안에 상륙해서 그들과 대화도 나누고 싶었다. 그리고 나는 공포와도 깊이 사귀어 보고 싶었다. 사람이 자기 주변의 모든 것들과 친해진다는 것은 분명히 좋은 일일 것이다. 그래서 항해를 하면 내 마음이 참으로 유쾌할 것 같았다.

　　기왕이면 돈을 많이 벌 수 있는 고래잡이배(포경선)를 타는 것이 좋을 것 같았다. 위험하기는 하나 몸집이 산만큼 크고, 물줄기를 나무 꼭대기만큼 높이 내뿜는 신기한 괴물, 나는 그 고래를 잡고 싶었다. 나는 옷가지 몇 벌을 챙겼다. 그러고는 뉴욕의 집을 떠나 매사추세츠의 뉴베드포드 항구로 향했다.

피터 코핀 여인숙에서

포경선(고래잡이배)을 타려는 어부들은 대부분 이 뉴베드퍼드에 머물렀다가 배를 타고 항해를 떠나지만, 나는 그렇게 하고 싶지 않았다. 낸터킷에서 떠나는 배가 아니면 타지 않기로 결심을 했기 때문이다.

낸터킷은 포경선의 발상지이다. 지금은 비록 뉴베드퍼드가 점점 커져 관심의 대상이 되고 있지만, 낸터킷이야말로 옛 정취가 그대로 남아 있는 곳이다. 미국에서 맨 처음 고래를 잡아 끌어올린 곳이 바로 낸터킷이기 때문이다.

해변가에서 태어나고 자라난 낸터킷 주민들에게는 살아가기 위해 바다로 나간다는 것이 조금도 이상한 일이 아니었다. 이곳 사람들도 처음에는 모래 속에서 게나 조개를 잡았다는데, 점점 대담해져서 바다로 들어가 그물을 던져 고등어를 잡기 시작했다.

어느 정도 경험이 쌓인 뒤에는 배를 타고 바다로 나가 대구를 잡았고, 마침내는 수백 척의 큰 선단을 바다로 보내 오대양 구석구석을 탐험하며 쉴 새 없이 새로운 것들을 발견했다.

그 결과 노아의 홍수를 거치면서 살아남은 것 중 가장 거대한 고래를 향해 전쟁을 선포하게 된 것이다. 이것이 바로 낸터킷에서 시작된 거대한 고래와의 싸움이다.

낸터킷에서 배에 오르려면 뉴베드퍼드에서 우편선을 타야만 했다. 나는 매우 쌀쌀한데다 비까지 내리는 12월 어느 날 밤에 뉴베드퍼드에 도착했다.

잠자리를 찾기 위해 거리를 헤매다가 휘몰아치는 비바람에 옷이 흠뻑 젖고 말았다. 나는 거의 기진맥진한 상태로 걸음을 옮기다가 선창에서 그다지 멀지 않은 곳에서 어슴푸레하게 빛나는 등불 하나를 보았다.

다가가 자세히 보니 흔들리는 낡은 간판이 시야에 들어왔다. 간판에는 바닷물을 분수처럼 내뿜고 있는 거대한 고래 한 마리가 그려져 있고, 그 밑에는 '피터 코핀'이라는 글씨가 깨알같이 씌어 있었다.

'코핀'은 나무로 만든 관을 뜻하는 말이다. 이상하고 불길한 생각이 들었으나, 집주인의 말을 듣고 다소 마음을 놓았다. 주인의 말에 의하면 코핀이라는 이름은 낸터킷에서는 아주 흔한 이름이라고 했다.

등잔불이 희미한 집 안은 조용했다. 간신히 매달려 있는 간판 때문에 그 여인숙은 가난에 찌든 싸구려 여인숙일 거라는 생각이 들었다.

들어가 보니 홀 안에는 어부 차림새를 한 몇몇 사람이 모여 앉아 차를 마시고 있었다. 가운데 벽에는 그림 한 장이 걸려 있었는데, 포경선이 풍랑을 만나 거의 뒤집혀질 듯한 가운데, 어부들이 필사적으로 풍랑과 싸우는 모습을 표현한 그림이었다.

그 그림은 보는 사람을 혼란스럽게 했다. 뭐라고 표현하기 어려운 이상한 거품이 그림 중심부에 자리하고 있었고, 희미한 푸른색 줄이 수직으로 지나고 있었다. 또한 그 위에는 불길한 느낌을 주는 이상한 모양의 검은 덩어리도 너울너울 춤을 추고 있었다.

아무리 용감한 남자라도 한참을 보고 있으면 미쳐 버릴 것만 같은, 침침하고 오싹한 그림이었다.

하지만 그 그림에는 분명하지도 않고 잡기도 어려운, 그러나 뭔가 꼭 잡힐 듯한 묘한 기운이 감돌고 있었다. 그 느낌은 또한 보는

이의 시선을 단단히 붙들어 매는 힘도 있어서, 화가가 무엇을 그리려고 했는지 알아내고 싶은 욕구를 싹트게 했다.

나는 화가의 의도를 짐작해 보았다. 그 그림은 태풍을 만난 케이프혼 회항선(항해를 끝내고 돌아오는 배)을 그린 것이었다. 반쯤 침몰한 그 배는 돛이 갈가리 찢긴 돛대 세 개만을 수면에 내놓고 바닷속에서 몸부림치고 있었다. 화가는 미쳐 날뛰던 고래가 배 위를 뛰어넘다가 돛대에 걸려 창자가 뚫리는 순간을 묘사한 것 같았다. 하지만 내 짐작이 옳은 것인지는 알 수가 없었다.

"하룻밤 묵을 곳을 찾고 있는데, 방이 있나요?"

내가 여인숙 주인에게 묻자 주인은 이렇게 대답했다.

"지금 독방은 없습니다. 그렇지만 괜찮다면 고래잡이 어부와 함께 방을 쓰는 건 어떨는지요?"

방이 많지 않은데다가, 어부들이 출항을 앞두고 모여 있기 때문에 빈방이 없다는 것이었다.

어쩔 수 없었다. 비바람까지 몰아치는 깜깜한 밤중에 더 이상 돌아다닐 자신이 없었기 때문이다.

내가 잠시 망설이자 주인이 말했다.

"지금 방을 혼자 쓰고 있는 어부는 아주 좋은 사람이에요. 게다가 고래를 잘 잡는 작살잡이랍니다."

'고래를 잘 잡는 작살잡이'라는 말에 구미가 당겼다. 한 침대에서 낯선 사람과 잠을 잔다는 것은 달갑지 않았지만, 고래잡이에 대해서 알고 싶은 것이 많았기 때문이다.

"좋습니다. 그렇게 하지요."

나는 그렇게 결정했다.

사람은 누구나 귀찮은 것을 싫어한다. 게다가 잠자리 문제와 관련해서는 더욱더 그렇다. 부부가 아니라면 누구나 마찬가지일 것이다. 피를 나눈 형제라 할지라도 나이가 어느 정도 들면 같이 자기를 불편해하는 것처럼.

하물며 난생처음 땅을 밟은 낯선 고장의 여인숙에서, 얼굴도 이름도 모르는 작살잡이와 함께 잠을 자야 한다는 사실은 몹시 신경을 쓰이게 했다. 하지만 이미 허락을 하고 말았으니 어쩔 수 없는 일이었다.

나는 홀 안에 있던 사람들과 함께 식사를 하기 위해 옆방으로 갔다. 그곳은 아이슬란드처럼 추웠다. 주인은 도저히 불을 지필 여유가 없다고 했다. 불이라고는 희미한 기름 양초 두 개가 켜져 있을 뿐이었다.

우리는 어쩔 수 없이 선원 재킷의 단추를 야무지게 채운 다음, 반쯤 얼어붙은 손가락으로 뜨거운 차를 마실 수밖에 없었다. 그

러나 식사는 예상했던 것보다 훨씬 실속이 있었다. 고기와 감자는
물론, 먹음직스러운 찐빵까지 나왔다.

나는 생각했다.

'웬 찐빵일까?'

푸른색 마차꾼 코트를 입은 젊은 선원이 빵을 먹기 시작했다. 마
치 며칠을 굶은 사람처럼, 찐빵을 게걸스럽게 입속으로 밀어 넣고
있었다.

"젊은이, 오늘 밤에는 꿈자리가 사나울 거요."

주인이 빵을 먹는 선원을 향해 말했다.

나는 입을 주인의 귀에 대고 나직이 속삭였다.

"저 사람이 아까 말한 그 작살잡이인가요?"

"아닙니다!"

주인은 손을 젓더니 말을 이었다.

"그 작살잡이는 피부색이 검은 사내요. 찐빵 같은 것은 먹지도
않는다오. 스테이크 외엔 입에 대지도 않지. 그것도 꼭 반쯤 구운
것만 먹는다오."

"그럼 덩치가 굉장히 크겠군요. 혹시 그 작살잡이가 이곳에 있
나요?"

나는 호기심이 더욱 생겼다. 그도 그럴 것이 나와 한방을 써야

할 사람이니까 관심이 있을 수밖에 없었다.

"이제 올 시간이 되었소."

주인은 이 말을 남기고 방을 나갔다.

주인은 방으로 나를 안내했다. 계단을 올라 구석방으로 들어갔다. 침대는 생각보다 넓었다.

아직 어부는 돌아오지 않았다.

이불을 걷어 젖히고 침대를 들여다보았다. 최고급품은 아니었지만 그런대로 쓸 만했다.

방의 가구라고는 침대와 테이블, 그 외에 조잡한 선반 하나, 한 남자가 고래를 찌르고 있는 장면이 그려진 종이를 붙인 난로 막이가 있을 뿐 아무것도 없었다.

그리고 원래 이 방에 없었던 것 같은 물건으로는 밧줄로 얽어매어 마루 한쪽 구석에 내동댕이쳐진 그물침대와 작살잡이의 옷을 넣어 둔 커다란 부대가 있었다.

그 밖에 난로 선반 위에는 기이한 뼈로 만든 낚싯대 꾸러미가 있었고, 침대 머리맡에는 긴 작살이 하나 세워져 있었다.

나는 짐을 내려놓고는 침대에 벌렁 누웠다.

'휴우…….'

잠시 눈을 감았다.

'한 일도 없는데 피곤이 몰려오네.'

나는 그만 잠이 들고 말았다. 그런데 잠시 뒤, 멀리서 선원용 장
화 소리가 들리는가 싶더니, 여인숙 현관문이 활짝 열리며 한 무

리의 선원들이 들어오는 소리가 났다.

　바다에서 방금 상륙한 선원들이 목을 축이기 위해 들이닥친 것이었다. 그들을 기다리고 있던 주인은 즉시 일행에게 술을 한 잔씩 따라 주었다.

　제아무리 지독한 술고래라 할지라도 바다에서 갓 돌아온 사람이라면, 독한 술에는 금세 취하고 만다. 선원들은 마구 고함을 지르며 떠들기 시작했다.

　그런데 오직 한 사람, 무리에서 멀찌감치 떨어져 자리를 잡은 어부가 있었다. 그는 전혀 취하지 않은 얼굴이었지만, 일행의 흥을 깨뜨리고 싶지 않은 모양이었다.

　동료들의 술주정이 최고조에 달하자 그 사나이는 아무도 눈치채지 못하도록 조심스럽게 밖으로 나갔다. 하지만 선원들은 몇 분도 지나지 않아 그가 사라진 것을 알았다.

　그의 이름은 '벌킹턴'이었다.

　잠결에 인기척을 느꼈다.

　"당신, 누구야?"

　눈을 뜬 나는 소스라치게 놀랐다. 거대한 괴물이 누워 있는 나를 노려보고 있었기 때문이다.

엄청난 덩치에 거무칙칙한 얼굴, 온몸, 심지어 얼굴에까지 문신이 어지럽게 새겨져 있는 그는 말총머리 모양을 하고 있었다. 게다가 그의 손에는 원주민들이 주로 사용하는 작은 도끼가 들려 있었다. 그것을 본 순간 나는 '이렇게 죽는구나!' 하는 생각을 했다.

"당신은 누구요?"

나는 소리를 질렀다. 그러고는 도끼를 피해 침대에서 굴러 떨어져 한쪽 벽으로 몸을 붙였다.

"뭣 때문에 그렇게 소리를 지르는지 모르겠지만, 난 사람을 다치게 한 적은 없소!"

사내가 뭐라고 중얼거렸다. 하지만 나는 그의 말을 한 마디도 알아들을 수가 없었다.

"제발 살려 주시오, 난 아무 잘못도 저지르지 않았단 말이오!"

나는 다시 호소했다.

"도대체 어떤 자식이 이렇게 호들갑이야?"

이윽고 사내의 말이 들려왔다. 그의 목소리는 무척 거칠었다.

"주둥아리 닥쳐. 죽여 버릴 테다!"

말을 마친 그는 손도끼를 치켜들고 내게로 다가왔다.

여인숙 주인이 들어온 것은 바로 그 순간이었다. 나는 재빨리 주인 뒤로 달려가 몸을 숨기며 말했다.

"이 사람이 날 죽이려고 해요."

주인은 겁에 질린 나를 보며 웃으면서 말했다.

"무서워하지 마요. 저 사람이 바로 퀴퀘그요. 당신과 한방을 쓰게 될 사람이라오. 남해의 원주민인데, 그의 아버지는 추장이라오. 퀴퀘그는 결코 당신을 해치지 않을 테니 안심해요."

그러나 나는 주인에게 말했다.

"당신은 이 방을 쓰고 있는 어부가 미개인이라는 걸 내게 말하지 않았소!"

"무서워할 것 없소."

주인은 나를 안심시키기 위해 얼굴 가득 미소를 머금은 채 말을 이었다.

"나는 당신이 알고 있는 줄 알았다오. 자, 다시 침대로 돌아가 자도록 해요."

그러고는 퀴퀘그를 향해 말했다.

"이봐 퀴퀘그, 너는 나를 알고, 나는 너를 안다. 이 사람은 너와 같이 잔다. 알았지?"

마치 어른이 아이를 타이르는 듯한 말투로 어색하게 말했다.

"응, 알았어!"

주인이 나가자 퀴퀘그라는 사내는 도끼처럼 생긴 파이프를 입에 물고 연기를 내뿜으며 침대에 앉았다.

나는 그제야 마음을 놓았다.

그 순간, 그가 정중하게 말했다.

"당신이 먼저 침대로 들어가시오."

"……."

나는 우뚝 선 채 그를 잠시 바라보았다. 문신을 하고 있어 겁이 나긴 했지만, 그는 친절하고 정중한 야만인 같았다.

나는 고개를 끄덕였다.

'저 사람도 나와 같은 인간인데 뭘. 내가 그를 무서워하는 것처럼, 그도 나를 보며 공포를 느꼈을 수도 있어. 술에 취한 기독교인보다는, 정신이 멀쩡한 식인종과 함께 자는 편이 나을 수도 있을 거라고.'

나는 애써 마음을 진정시킨 뒤 그에게 말했다.

"침대에서 담배를 피우면 위험해요."

"알았소."

그는 내 말을 듣고 순순히 따라 주었다.

나는 퀴퀘그가 눕고 남은 자리에 누워 잠을 청했다.

이튿날, 새벽녘에 눈을 떴다. 퀴퀘그는 아주 정답게 한쪽 팔을 내게 얹은 채 잠들어 있었다. 마치 내가 그의 아내인 듯한 착각이

들 정도였다.

이불은 여러 가지 빛깔의 삼각형과 사각형의 헝겊 조각을 수없이 잇댄 것이었는데, 마치 그의 팔에 있는 크레타섬의 미궁과 같은 무늬처럼 보였다.

나는 그의 엄청난 팔에서 벗어나기 위해 몸을 움직여 보았지만 아무런 성과도 거두지 못했다. 결국 나는 그를 흔들어 깨울 수밖에 없었다.

"이봐, 퀴퀘그!"

하지만 그는 코만 골 뿐 대답이 없었다.

어쩔 수 없었다. 나는 가까스로 움직여 문신이 새겨진 퀴퀘그의 한 팔에서 빠져나왔다.

나는 곧 퀴퀘그라는 야만인과 친해졌다. 섬뜩한 첫인상과는 달리 퀴퀘그는 매우 친절하고 온순했다. 또한 그가 들고 있던 손도끼는 무기나 연장이 아니라, 원주민들이 솜씨를 내서 만든 담배 피우는 파이프라는 사실도 알 수 있었다. 우리는 많은 이야기들을 주고받았다.

날이 완전히 밝은 다음 살펴보니, 창문에는 커튼도 달려 있지 않았다. 게다가 맞은편 집에서 방 안을 훤히 들여다볼 수 있는 위치였다.

그런데 퀴퀘그는 모자와 장화 이외에는 아무것도 걸치지 않고 벌거벗은 채, 아무 거리낌도 없이 마구 방 안을 돌아다녔다. 나는 그런 퀴퀘그의 망측한 꼴을 한참 보고 있다가 옷을 입어 달라고 정중히 부탁했다. 그는 이번에도 내 부탁을 순순히 들어주었다.

퀴퀘그의 몸놀림은 거대한 덩치에 어울리지 않을 만큼 몹시 빨랐다. 그는 순식간에 커다란 선원용 재킷으로 몸을 감싸더니 장군의 지휘봉처럼 작살을 휘두르며 아주 의기양양하게 방에서 걸어 나갔다.

식당으로 내려가자 지난 밤에 술에 취해 떠들던 사람들이 아침 식사를 위해 모여 앉아 있었다.

나는 생각했다.

'아침부터 고래잡이에 대한 재미있는 이야기를 마음껏 들을 수 있게 되었구나!'

그러나 나의 기대는 보기 좋게 어긋나고 말았다. 식사를 기다리고 있는 사람들은 모두 침묵을 지킬 뿐이었다. 게다가 그들의 표정은 무겁게 가라앉아 있었다.

나는 고개를 갸웃거렸다.

'여기 모인 사람들은 모두가 바다의 용사들이다. 이들은 적어도 두려움을 모르는 사람들이다. 거친 바다에 나가 거대한 고래를 상대로 피 튀기는 싸움을 하는 용감한 사람들이다. 그야말로 세상에서 가장 거대한 동물, 고래를 죽일 수 있는 몇 되지 않는 사람들인 것이다. 그런 그들에게 있어서 가장 사교적인 시간이라 할 수 있는 아침 식사 시간에 침묵을 지키는 이유는 무엇일까?'

　나는 도무지 이해가 되지 않았다.

매플 목사의 설교

뉴베드퍼드에는 오직 고래를 잡기 위해 바다로 떠나는 사람들만을 위한 교회가 있다.

선원들은 긴 항해를 시작하기 직전에 착잡한 심정으로 예배를 드리러 이 교회를 찾는다. 나도 예배 시간에 참석했다.

교회에는 선원 몇 명과 선원의 아내들, 그리고 바다에 남편을 빼앗긴 미망인들이 여기저기에 흩어져 앉아 있었다.

나는 교회의 출입구 가까이에 자리를 잡았다. 그리고 무심코 얼굴을 돌렸다. 그런데 바로 옆에 퀴퀘그가 자리를 잡고 앉아 있었다. 나는 깜짝 놀랐다. 야만인이 예배를 드린다는 말은 들어 본 적이 없었기 때문이다.

내가 교회 안으로 들어온 것을 눈치챈 사람은 퀴퀘그뿐인 것 같았다.

내가 자리에 앉은 뒤 얼마 되지 않아, 건장하게 생긴 노인 한 사람이 들어왔다. 그가 안으로 들어오는 순간, 눈보라와 바람에 밀린 문이 쾅! 하고 닫혔다. 그 소리 때문에 신도들의 시선이 일제히 그에게 쏠렸다. 하나같이 존경심이 가득한 눈길이었다.

나는 그제야 그 노인이 목사라는 사실을 알아차릴 수 있었다. 그는 바로 고래잡이 사나이들 사이에서 매플 목사라고 불리는 사람이었다. 목사는 젊었을 때 상당 기간 동안 선원 노릇을 했고 작살잡이로도 일했지만, 몇 년 전부터 성직에 몸을 바치고 있었다.

그는 모자, 외투, 덧신을 차례로 벗어서 가까운 구석에 놓더니 점잖게, 그리고 조용히 설교단으로 다가갔다.

설교단에는 계단 대신, 물에 뜬 보트에서 배에 올라갈 때 사용하는 수직 사다리가 걸려 있었다. 목사는 사다리를 다 올라간 뒤 천천히 뒤돌아섰다.

특이한 것은 사다리뿐만이 아니었다. 설교단의 뒷면을 이루고 있는 벽에도 한 폭의 큰 그림이 그려져 있었다. 그 그림은 사나운 비바람과 폭풍우를 무릅쓰고, 배 한 척이 검은 바위와 물보라를 피해 먼 바다로 떠나는 것을 사실적으로 표현한 것이었다. 새까맣게 소용돌이치는 구름 위에 한 조각의 햇빛이 비치고, 거기에 천사의 얼굴이 찬란히 빛나고 있었다.

설교단의 전면은 마치 배의 치솟은 뱃머리와 비슷했고, 성경책은 바이올린 모양의 뱃머리를 본뜬 소용돌이 장식의 뾰족한 부분에 놓여 있었다.

나는 그 설교단이 가장 선두에 서서 세계를 인도해 주는 목자를 상징하는 것이라고 생각했다. 다시 말해서 교회의 건물은 항해 중인 배를 의미하며, 설교단은 뱃머리를 의미하는 것이라고.

이윽고 매플 목사는 신도들을 한가운데로 모이게 하더니, 큰 소리로 찬송을 부르기 시작했다. 신도들 역시 환희와 기쁨이 가득한 표정으로 노래를 불렀다.

고래의 휘어진 무서운 갈비뼈는
나를 덮었네, 저 세상의 어둠으로.
성스러운 햇빛 받고 파도 이는데
나를 가라앉히네, 어둠의 수렁으로.

빛나는 돌고래를 타고 오듯이
나를 구하려고 주님은 서두르시네.

엄숙하게, 번개처럼 찬란하게
나를 구원하신 주님의 모습이여.

영원히 나는 노래 부르리
그 공포와 기쁨의 날을
영광 있으라, 나의 주님이여.
자비도 힘도 모두 주님의 것이라네.

잠시 뒤, 목사는 성경을 펴더니 설교를 시작했다.

찬송 소리가 점점 높아져 폭풍의 울부짖는 소리를 덮어 버렸다.

"신도 여러분! 「요나서」 제1장의 마지막 절을 펴십시오."

신도들이 성경을 펴자 설교가 시작되었다.

"여호와께서 이미 큰 물고기를 준비하사 요나를 삼키게 하셨으니……. 여러분! 이 예언서는 우리에게 얼마나 깊은 뜻을 가르쳐 줍니까? 또 무엇을 알려 주고 있습니까? 물고기의 뱃속에서 부른 그 찬송가는 얼마나 위대합니까? 여러분, 이것은 우리에게 두 가지 뜻을 전해 줌을 명심해야 될 것입니다. 하나는 죄 많은 인간인 우리들에게 일러 주는 가르침이고, 또 하나는 살아 계시는 하나님의 뱃길 안내자인 나에게 주는 교훈입니다. 요나는 하나님의 교훈

을 따르지 않았습니다. 그뿐만 아니라 요나는 하나님에게서 달아나려고 온갖 조롱하는 말을 했습니다. 그래서 하나님은 요나에게 고통을 준 것입니다. 우리도 먼저 자기가 죄인임을 깨달아야 할 것입니다. 그런 다음 하나님께 도움을 청해야 할 것입니다. 요나는 고래 뱃속에서 깨달았습니다. 우리도 그와 같이 죄인임을 깨달아야 할 것입니다."

목사의 설교는 계속되었다.

밖에서는 눈보라가 치고, 교회 안에서는 침묵이 흐르고. 그러나 목사의 설교는 우렁찼다.

목사는 마지막으로 축도를 올렸다. 사람들이 모두 교회를 나갈 때까지 그곳에 무릎을 꿇은 채 남아 있었다.

손수레와 낸터킷

나는 외바퀴 손수레를 빌려 내 소지품이 들어 있는 여행용 가방과 퀴퀘그의 옷을 넣은 부대와 그물침대 등을 실었다. 부두에 정박하고 있는 낸터킷 행 정기선인 '이끼호'가 있는 곳으로 가기 위해서였다.

내가 퀴퀘그와 부둣가를 향해 걸어가는데 사람들이 우리를 힐끔힐끔 쳐다보았다. 나는 사람들이 퀴퀘그에게 관심을 보이는 것으로 여겼다. 하지만 그 거리에는 퀴퀘그 같은 미개인이 많은 걸로 보아 사람들이 쳐다본 건 그가 아니었다. 사람들 눈에는 퀴퀘그와 내가 매우 다정한 모습으로 걷고 있는 것이 이상해 보였던 것이다. 그러나 나는 전혀 아랑곳하지 않고 수레를 번갈아 끌면서 목적지로 향했다.

퀴퀘그는 가끔 걸음을 멈추고 작살날의 칼집을 만지곤 했다.

"왜 그 작살을 육지까지 가지고 온 거야? 원래 작살은 배에 두는 것이 원칙 아닌가?"

나는 걸리적거리는 작살이 못마땅했다.

하지만 퀴퀘그는 그렇지 않다고 항변했다.

"나는 이 작살이 좋아. 나와 이 작살은 힘을 합해 여러 번 고래와 싸움을 했거든. 그래서 나는 이 작살을 마음 깊이 믿고 있어."

옳은 말이었다. 퀴퀘그는 그 작살의 도움이 있었기 때문에 고래를 많이 잡을 수 있었을 것이다. 따라서 그에게 그 작살은 몸과 같은 것이었다. 더구나 앞으로도 자신의 목숨을 지켜 줄 연장이기 때문에 무척 아낄 이유가 있었다.

한편, 퀴퀘그는 운전하기가 쉽지 않은 외바퀴 손수레가 마음에 들지 않는 모양이었다. 몇 차례 투덜거리더니 결국엔 짐과 함께 수레를 짊어졌다. 그러고는 부두를 향해 달음질을 쳤다. 부두 사람들과 나는 그 모습을 보고 웃었다.

나는 부두에 도착하자마자 뱃삯을 지불하고 짐을 맡긴 다음 정기선에 올랐다. 돛을 올린 배는 아쿠슈네트강을 미끄러지듯 내려가기 시작했다.

넓은 바다로 나가자, 살을 에는 듯한 바람이 세차게 불어왔다. 퀴퀘그는 거무스름한 콧구멍을 벌름거리는가 하면, 가지런한 날카로운 이를 드러내 보이기도 했다.

이끼호는 바람을 타고 나는 듯이 달렸다. 거센 바람 때문에 밧줄이란 밧줄은 모두 철사줄처럼 팽팽해졌고, 높이 솟은 두 개의 돛대는 태풍 속의 대나무처럼 휘었다.

그때였다. 퀴퀘그가 등 뒤에서 자신의 흉을 보는 젊은이 한 사람을 낚아챘다.

'저 시골뜨기는 이제 마지막이겠군.'

나는 이렇게 생각했다.

퀴퀘그는 그 시골뜨기를 두 팔로 높이 쳐들더니 바닥에 사정없이 집어던졌다. 젊은이는 공중에서 한 바퀴를 돌고 뱃바닥에 엉덩방아를 찧은 다음 숨을 헐떡거렸다.

퀴퀘그는 등을 돌리고 도끼 파이프에 불을 붙였다. 그러고는 서너 번 빨더니 내게 권했다.

엉덩방아를 찧은 젊은이는 간신히 선장실까지 기어가 구조를 요청했다.

"선장님, 선장님! 여기 마귀가 있어요!"

시골뜨기는 금세 죽을 듯이 아우성쳤다.

시골뜨기의 말을 들은 선장은 퀴퀘그에게 다가와 나무랐다.

"이봐, 자네 왜 그런가? 하마터면 이 젊은이가 자네 때문에 죽을 뻔했잖아?"

선장은 강한 목소리로, 하지만 조심스럽게 타일렀다.

"죽이다니! 퀴퀘그는 작은 고기는 절대 안 죽여! 큰 고래만 죽인 다고!"

퀴퀘그가 선장 앞에서 빈정댔다.

"이봐, 만일 배 위에서 다시 한 번 이따위 짓을 하면 가만 안 두 겠어, 알겠나?"

선장은 주의를 주고 돌아섰다.

심각한 사건이 벌어진 것은 바로 그 순간이었다. 큰 돛이 찢어질 정도로 엄청난 힘에 의해 한쪽 밧줄이 끊어지면서, 거대한 아래 활대(돛 위에 가로 댄 나무)가 좌우로 크게 흔들렸다. 그러더니 갑판 위에 있는 것을 순식간에 모조리 휩쓸어 버리고 말았다.

퀴퀘그에게 혼이 났던 그 젊은이까지 아래 활대에 쓸려 바다로 떨어졌다.

선원들은 모두 당황했지만, 그렇다고 아래 활대를 붙잡아 멈추 게 하는 것은 불가능한 일이었다.

그때 퀴퀘그가 나섰다. 그는 재빨리 몸을 굽혀 아래 활대 밑을 기어나가 밧줄을 잡더니 한쪽 끝을 뱃전에다 고정시켰다. 그러고는 다른 쪽 끝으로 올가미를 만들어 목동처럼 휘두르더니 공중을 향해 던졌다. 밧줄은 마침 머리 위를 스칠 듯이 지나가던 활대에 휘감겼다.

순식간에 모든 일을 끝낸 퀴퀘그는 밧줄을 힘껏 당겼다. 그러자 아래 활대가 거짓말처럼 고정되었다. 위태롭던 배는 그렇게 안정을 되찾았다.

위기를 넘긴 배를 보고 선원과 승객들이 모두 박수를 치며 환호했다. 그런데 그 순간, 퀴퀘그는 무슨 생각을 한 건지 갑자기 웃통을 벗더니 물속으로 뛰어들었다. 들어가서는 긴 팔을 쭉쭉 뻗으며 차가운 겨울 바다의 흰 거품을 갈랐다. 바로 시골뜨기를 찾아 나선 것이었다.

퀴퀘그는 물에서 수직으로 몸을 날려 주위를 살폈다.

퀴퀘그는 물속으로 들어간 지 3분이 지나서야 수면 위로 떠올랐다. 그의 억센 한쪽 팔에는 시골뜨기가 축 늘어진 채 매달려 있었다.

이것을 본 구조 보트가 다가가 두 사람을 태웠다. 선원들은 아무도 할 수 없는 일을 혼자 용감하게 해낸 퀴퀘그에게 감사의 마음을 전했다.

조개요, 대구요?

이끼호가 항구에 닿은 것은 캄캄한 밤이었다.

나는 육지에 오른 뒤 할 일이 전혀 없어 저녁이나 먹고 잠을 청할 생각이었다. 나는 퀴퀘그와 함께 잠잘 만한 곳을 찾아갔다. 피터 코핀 여인숙 주인이 꼭 가 보라고 일러 준 '트라이 포트'가 생각나 우선 그곳으로 가 보았다. 그 여인숙이 낸터킷에서는 일류 여인숙이라고 했다.

여인숙의 낡은 문 앞에는 중간 돛대가 하나 있었는데, 그 활대에는 손잡이가 귀처럼 생기고, 검정 페인트가 칠해진 커다란 나무 냄비가 두 개 매달려 있었다.

입구에 냄비가 걸려 있는 것으로 미루어 보아, 이 여인숙은 냄비

요리를 잘하는 것 같았다.

나는 안으로 들어갔다. 나를 보자, 주인으로 보이는 아주머니가 말을 건네 왔다.

"어찌 왔수?"

"저녁과 잠자리를 구하러 왔습니다."

"그럼 이리들 오슈."

아주머니는 식당으로 나와 퀴퀘그를 안내했다. 그러고는 우리가 자리에 앉자마자 퉁명스럽게 물었다.

"조개요, 대구요?"

"네?"

나는 잠시 뒤에야 그 말뜻을 이해할 수 있었다. 냄비 요리를 가리키는 말이었다. 할 수 있는 것이라고는 냄비 요리뿐이니 그렇게 물을 수밖에 없었던 것이다.

"조개 2인분!"

퀴퀘그가 대꾸했다.

"조개 2인분!"

아주머니는 여전히 퉁명스러운 목소리로 주방을 향해 소리를 지르더니 식당 밖으로 나갔다.

잠시 뒤, 부엌에서 구수한 냄새가 풍겨 왔다. 보글보글 음식 끓는 소리도 났다. 냄비 요리는 예상했던 것보다 맛이 있었다. 우리 둘은 단숨에 그릇을 비웠다.

나는 퀴퀘그와 식사를 끝낸 뒤, 램프를 든 아주머니를 따라 침실로 갔다.

주인 아주머니는 퀴퀘그가 계단을 올라가려고 하자 손을 내밀어 작살을 달라고 했다. 자기네 여인숙에서는 작살을 침실로 가져갈 수 없다는 뜻이었다.

"왜요? 진짜 고래잡이는 작살을 끌어안고 자요……."

"그래도 안 돼요, 위험하니까. 얼마 전 스티그스란 젊은이가 1층 뒷방에서 작살에 옆구리가 찔려 죽은 일이 있었어요."

"그래요?"

나는 고개를 끄덕였다.

"퀴퀘그 씨, 그 쇠붙이는 내가 내일 아침까지 맡아 두겠소. 그건 그렇고, 내일 아침에는 조개요, 대구요?"

"둘 다 하나씩!"

내가 큰 소리로 대답했다.

침실로 올라온 우리는 침대에 누워 내일 일을 상의했다.

종교 의식 '라마단'

다음 날은 퀴퀘그의 '라마단(이슬람 교도의 전통적인 행사, 고행하는 의식)'을 행하는 날이었다. 그는 단식과 참회 기도를 해가 떠 있는 동안 계속할 것이기 때문에, 나는 캄캄해질 때까지 아무 일도 하지 않기로 했다.

나는 오래전부터 누가 어떤 종교를 믿든 개의치 않았다. 다른 사람이 보기에는 하찮고 우습게 보일지라도, 당사자들은 진지하고 심각할 것이기 때문에 최대한 경의를 표했다. 모든 사람에게 신앙의 자유가 주어졌다는 사실을 나는 아주 다행으로 여겼다.

이 지구상의 어떤 곳에서는 아직도 암울했던 중세의 습성을 버리지 못한 곳도 있을 것이다. 이를테면 죽은 영주의 이름으로 막

대한 땅이 묶여 있다거나, 죽은 영주의 동상 앞에 무릎을 꿇고 절을 하는 사람들……. 하지만 나는 그런 사실조차도 업신여긴 적이 없다.

선량한 장로파 기독교인들도 이러한 문제에 있어서는 너그러워야 한다. 이교도이건 누구건, 종교 문제에 관해서는 미치광이 같은 견해를 가지고 있다고 해도 그들보다 우리가 월등히 낫다고 생각해서는 안 된다는 것이 내 생각이다.

퀴퀘그 역시 마찬가지였다. 그는 자신의 신앙에 만족하는 듯했다. 따라서 그가 충분히 자신의 종교 활동을 할 수 있도록 방해하지 않기로 했다.

저녁때, 나는 그의 라마단이 끝났으리라 생각하고 방문을 두드렸다. 그런데 아무런 대답이 없었다. 문을 열려고 했지만 안에서 잠겨 있었다.

"퀴퀘그!"

큰 소리로 그의 이름을 불러 보았다. 그러나 방 안에서는 아무런 기척도 없었다.

"이봐, 퀴퀘그! 왜 대꾸가 없나? 나야, 이스마일이야!"

왠지 불길한 생각이 들었다. 열쇠 구멍을 통해 방을 살펴보니, 방 한쪽에 세워진 작살 자루만 겨우 보였다.

'어, 이상하네? 저 작살은 분명히 주인 아주머니가 어젯밤에 가져갔는데…….'

이해할 수 없는 일이었다.

'퀴퀘그는 작살이 없으면 밖으로 나가지 않아. 작살은 방 안에 있는데 인기척이 없다면, 혹시 사고가 난 것 아닐까?'

나는 주인 아주머니를 불러오기 위해 부리나케 아래층으로 뛰어 내려갔다. 아주머니도 퀴퀘그에 대한 말을 듣고는 화들짝 놀랐다.

"거참, 이상하군요. 나도 아침 식사 뒤에 방을 청소하려고 갔다가 문이 안으로 잠겨 있어서 이상하다 싶긴 했는데. 나는 둘이서 외출했나 보다 하고 그냥 내려왔지……."

아주머니는 무척 당황하는 눈치였다.

나와 주인 아주머니는 다시 방으로 가 보았다.

"틀림없이 안에 있을 텐데……."

난 어떻게 하는 것이 좋을지를 궁리하다가 주인 아주머니에게 말했다.

"도끼를 가져다 주세요, 어서요."

"도끼? 왜, 방문을 부수려고요? 그건 안 돼요! 방문은 절대로 부수면 안 돼요."

나는 있는 힘을 다해 문을 박찼다. 그러자 문이 안쪽으로 떨어져

나갔다. 퀴퀘그는 그때까지 책상다리를 하고 꼼짝도 하지 않은 채 앉아 있었다.

"퀴퀘그! 나야, 좀 움직여 봐. 휴우, 살아 있었군. 살아 있는 걸 확인했으니 이제 아주머니는 내려가세요."

주인 아주머니가 혼잣말을 하며 내려갔다.

"난 두 번째 스티그스가 나오는 줄 알고 심장이 철렁했네!"

나는 아주머니가 내려간 다음, 퀴퀘그를 옮겨 의자에 앉히려고 했다. 그러나 실패했다. 퀴퀘그는 도무지 산 사람 같지 않았다. 몸은커녕 눈동자도 전혀 움직이지 않았기 때문이다.

'이것이 퀴퀘그가 말하는 라마단이란 말인가?'

나는 속이 상했다. 그러나 이것이 종교적 의식이라면 어쩔 수 없는 일이었다.

'어떻든 죽지는 않았으니, 때가 되면 일어나겠지.'

이렇게 생각하면서 나는 아래층으로 내려가 저녁을 먹었다.

저녁을 먹고 나서 몇몇 선원들의 이야기에 귀를 기울이며 11시가 다 되도록 시간을 보냈다.

'지금쯤이면 퀴퀘그의 라마단이 끝났을까?'

혹시나 하는 기대와 함께 방으로 돌아왔다.

'어떻게 이럴 수가?'

퀴퀘그는 여전히 똑같은 장소에 똑같은 모습으로 앉아 있었다. 나는 부아가 치밀었다.

'이건 어리석은 미치광이 짓이야!'

나는 모든 것을 포기하고 침대로 들어가 자기로 했다. 그러나 눈을 부릅뜨고 책상다리를 한 채 앉아 있는 퀴퀘그를 의식하지 않을 수가 없었다. 잠이 쉬 오지 않았다. 한참을 뒤척인 뒤에야 나도 모르게 스르르 잠이 들었다.

다음 날 잠에서 깨어 보니 날이 밝아 오고 있었다. 그러나 퀴퀘그는 여전히 똑같은 자세로 꼿꼿하게 앉아 있었다. 기가 찼다.

잠시 뒤, 아침 햇살이 퀴퀘그의 얼굴을 비췄다. 그제야 퀴퀘그는 눈을 깜박였고, 곧 일상으로 돌아왔다. 관절 마디마디가 굳어서 움직일 때마다 삐걱거리는 소리가 났지만, 기분은 매우 좋아 보였다.

퀴퀘그는 절룩거리며 내게 다가와 자신의 이마를 내 이마에 대었다. 그러고는 조용한 목소리로 속삭였다.

"이제 라마단은 끝났어!"

퀴퀘그와 낸터킷 부두에서

퀴퀘그는 작은 도끼 모양의 파이프를 입에 물었다. 그리고 나서 자신이 속한 부족의 풍속대로 자기 이마를 내 이마에 대고 비벼 댔다. 그것은 평생의 친구라는 표시였다.

그는 또한 호주머니에서 은전을 꺼내더니 정확하게 절반으로 나누어 내게 주었다. 무엇이든 똑같이 나눈다는 것은 이제 친구가 되었다는 증표였다.

그는 미개인이었다. 그의 행색은 누가 보아도 미개인이라는 사실을 쉽게 알아차릴 수 있었다. 그런데 나는 신기하게도 그에게 마음이 끌렸다.

속마음과는 달리 겉으로 친한 척하는 것이 아니라, 나는 그에게 마음에서 우러나오는 친밀감을 느꼈다.

나는 의자를 당겨 그에게 앉으라고 권했다. 어젯밤 일에 대한 궁금증이 일었기 때문이었다.

"간밤에는 고마웠어."

그가 먼저 말을 꺼냈다.

"천만에, 입장이 서로 바뀌었다면 너도 그랬을걸?"

퀴퀘그가 입가에 미소를 머금으며 말을 이었다.

"우린 오늘 밤에도 같이 자는 건가?"

나는 그에게 한쪽 눈을 찡긋해 보이며 대답했다.

"아마도 그렇게 되지 않을까?"

내 말을 듣고 그는 껄껄껄 웃으며 매우 흡족한 표정을 지었다.

퀴퀘그는 머나먼 서남쪽 바다 위에 떠 있는 코코보코라는 섬에서 태어났다. 지도를 만드는 사람들은 습관적으로 아름답고 좋은 곳을 빼놓는 고약한 성질이 있는 모양인지 그 섬은 어떤 지도에도 표시되어 있지 않았다.

"고향으로 돌아가 추장에 오를 생각은 없나? 가족과 헤어진 다음에 아버지께서 돌아가셨는지도 모르잖아?"

나는 넌지시 물어보았다.

"아니, 아직 돌아가시진 않았어."

그의 대답은 간단하고 명쾌했다.

그날 밤, 우리는 같은 배를 타기로 마음을 모았다.

다음 날 아침, 낸터킷 부둣가를 거닐고 있을 때였다. 유난히 내 시선을 끌어당기는 배 한 척이 있었다. 그 배는 오대양(태평양, 대서양, 인도양, 남빙해, 북빙해)을 누비며 거친 풍랑을 겪었던 흔적이 역력했다. 여러 해 전에 고래잡이를 했던 매사추세츠 인디언족의 이름을 따서 '피쿼드'라고 이름을 지은 배였다.

배의 돛대는 곧고 높이 세워져 있었으며, 뱃머리는 고래 턱 같은 모양이었다. 게다가 이빨은 실제 고래의 것이었다.

그 배의 선주는 아주 늙은 선원이었는데, 돛대 뒤에 친 천막으로 덮인 갑판 위에 앉아 있었다. 그의 자리는 구식 참나무 의자였다. 그 의자 팔걸이에는 구불구불하고 괴상한 무늬가 장식으로 조각되어 있었다. 또한 의자 바닥은 천막처럼 탄력 있는 골재로 튼튼하게 짜서 만든 것이었다.

내 눈에 비친 노인의 풍모는 이렇다 할 특징이 없었다. 그저 흔히 볼 수 있는 나이 많은 선원처럼 구릿빛 얼굴에 억센 근육의 소유자였고, 퀘이커 교도들이 흔히 입는 청색 옷으로 몸을 감싸고 있을 뿐이었다. 다만 눈언저리에 현미경을 통해 보는 듯한 잔주름이 그물처럼 잡혀 있었는데, 이것은 수없이 폭풍 속을 항해하며

늘 바람이 불어오는 쪽을 응시했기 때문에 생긴 것 같았다. 나는 그를 향해 걸음을 옮겼다. 그러고는 노인 선주에게 사정을 이야기한 다음, 배를 태워 달라고 간청하기로 마음을 정했다.

"피쿼드 호의 선장이십니까?"

나는 천막 가까이 다가가서 정중하게 물었다.

"내가 피쿼드 호의 선장이라 치고, 당신 용건은 뭐요?"

"배에 태워 주셨으면 하고요."

"뭐, 배를 타겠다고? 젊은이는 낸터킷 사람이 아닌 모양이군. 포경선을 타 본 일이 있나?"

"아뇨, 없습니다."

"그럼, 고래잡이에 대해선 아무것도 모르겠군. 안 그래?"

"네, 모릅니다. 하지만 곧 배울 수 있으리라 생각합니다. 상선은 몇 번 타 봤거든요."

"상선이라고? 그따위 잠꼬대는 집어치우라고. 상선 몇 차례 탄 것을 자랑으로 여기는 모양인데, 그건 그렇고 왜 고래잡이배를 타려고 하는 건가?"

"그건 고래잡이란 것이 뭔지 알고 싶어서입니다."

"고래잡이에 대해서 알고 싶다고? 그럼 에이허브 선장을 본 일이 있나?"

"만난 적도, 본 적도 없습니다."

나는 끈질기게 매달렸다. 그래서 선주의 허락을 얻을 수 있었다. 그 배가 내 운명을 결정하는 바로 그 배였던 것이다. 나는 흥분된 마음으로 배를 살펴보았다. 머잖아 떠날 항해에 나도 동참을 한다고 생각하니 가슴이 몹시 뛰었다.

"선주님, 사실은 제게 친구가 한 명 있습니다. 그 친구와 함께 이 배를 탈 수 있을까요?"

"고래잡이를 해 본 사람인가?"

"헤아릴 수 없이 많은 고래를 잡았다고 합니다."

"좋아, 데리고 와 보게. 한번 만나 보겠네."

이리하여 나와 관계된 서류에 서명한 뒤 나는 밖으로 나왔다.

나는 즉시 내 친구 퀴퀘그를 데리고 갔다. 하지만 선주는 퀴퀘그의 생김새를 쓱 훑어보더니 단번에 거절했다.

"이 배에는 절대 미개인을 태울 수 없네!"

그러자 퀴퀘그가 배 옆면으로 가더니 고래잡이 보트에 펄쩍 뛰어올랐다. 그러고는 거절한 선주를 보며 한마디했다.

"저기 물 위에 작은 타르(콜타르) 방울이 보이나요? 만일 그 검은 방울이 고래 눈이라면 당신은 어떻게 하겠소?"

이렇게 말을 하고 그는 옆에 놓여 있던 작살을 집었다.

퀴퀘그는 단숨에 작살을 힘껏 던졌다.

작살은 공기를 가르며 휙하고 날더니 그 검은 방울의 중앙을 정통으로 맞추었다. 작은 타르 방울은 작살을 맞자마자 산산이 부서져 버렸다.

그 광경을 지켜보던 선주는 퀴퀘그의 실력에 몹시 감탄했다.

"당장 승선 계약서를 가져오게!"

선주가 소리를 질렀다.

선주는 만족스러운 표정을 감추지 못한 채 계속 말을 했다.

"우리는 고슴도치인지, 퀴퀘그인지 하는 저자를 꼭 확보해야 돼. 그는 낸터킷에서 온 어떤 고래잡이보다 돈을 더 많이 벌어 줄 테니까."

나는 곧 떠날 항해의 선장을 아직 만나지 못했다. 물론 선장이란 모든 출항 준비가 끝나고 항해를 시작할 때 마지막으로 나타나는 경우가 많으니 더 기다려 볼 일이었다. 출항 준비는 대부분 선주들의 몫이었다.

나는 출항하기 전에 선장이 어떤 사람인지 보고 싶었다. 그래서 선주에게 물었다.

"정말 궁금해서 그러는데요, 언제 어디로 가야 에이허브 선장을 만날 수 있나요?"

그러자 선주가 대답했다.

"뭣 때문에 에이허브 선장을 만나려는 거야? 염려할 건 없어. 자네는 수속이 다 끝났잖은가?"

"그건 알고 있지만, 출항하기 전에 한번 만나고 싶어요."

"그러나 지금은 안 될걸? 왜 그런지 나도 이유는 잘 모르지만, 방 안에서 꼼짝도 안 해. 하지만 걱정할 것 없네. 에이허브 선장은 비록 말수는 적지만 바닷속 신비도 잘 알고, 고래보다 더 힘세고 무서운 적에게도 불 같은 창을 꽂을 줄 아는 사람이니까."

출항 준비를 하는 동안 퀴퀘그와 나는 자주 배를 찾아갔고, 그

때마다 나는 에이허브 선장에 관해서, 그리고 언제 선장의 얼굴을 볼 수 있을지에 대해서 물었다.

그동안 필레그와 빌대드 두 선장(이 두 사람은 배의 공동 선주다. 선주이지만 보통 선장이라고 부른다.)이 항해에 필요한 모든 일을 도맡아 보살피고 있었다.

마침내 정해진 시각에 틀림없이 출항한다는 전갈이 왔다. 그래서 나와 퀴퀘그는 피쿼드 호에 짐을 실었다.

새 돛들과 천막들과 낚싯줄과 기타 장비들이 모두 실렸다. 그리고 고래기름을 담을 빈 통들도 잔뜩 실렸다. 3년 동안의 항해를 위해 냄비며 나이프, 포크, 침구 등 필요한 기구들도 실었다. 또 쇠고기, 빵, 물, 연료 등도 빠짐없이 실었다. 선원들은 왔다 갔다 분주히 오갔다.

피쿼드 호 출항하다

출항하기 전, 나와 퀴퀘그는 잠시 피쿼드 호를 떠나 부둣가를 거닐었다. 그때 초췌한 복장의 늙수그레한 사나이가 다가오면서 말을 걸었다.

"여보게! 저 배를 타려고 하나?"

그 노인은 나와 퀴퀘그 바로 앞에서 걸음을 멈추었다.

"저 배에 타기로 결정했는가?"

그는 같은 말을 되풀이했다.

"피쿼드 호를 말하는 건가요?"

나는 노인의 얼굴을 주시하면서 물었다.

"그래, 피쿼드! 저 배 말이야."

노인이 손끝으로 피쿼드 호를 가리켰다.

"네, 계약서에 서명도 한걸요."

내가 말하자 노인이 다시 물었다.

"계약할 때 자네들 영혼에 관한 이야기도 했나?"

"무엇에 관한 이야기라고요?"

"참, 자네들은 영혼이 없을 테지."

그러면서 그는 계속 말을 이었다.

"그래도 좋아, 영혼이 없는 녀석들도 많으니까. 영혼이란 마차의 다섯 번째 바퀴와 같은 거니까……."

그의 말은 도무지 무슨 뜻인지 짐작할 수가 없었다.

"퀴퀘그, 가세. 말 같은 말을 해야지……."

나는 퀴퀘그에게 그만 가자고 재촉했다.

"잠깐만!"

내가 돌아서서 걸음을 옮기려는 순간이었다. 노인은 다급하게 퀴퀘그와 나를 불러 세우더니 또 물었다.

"자네들 아직 호랑이 영감을 보지 못했나 보군!"

"호랑이 영감이라고요?"

"에이허브 선장 말이야."

"뭐요? 지금 우리 피쿼드 호의 선장님을 말씀하시는 건가요?"

"맞네. 우리처럼 늙은 뱃사람들 사이에서는 그 이름으로 통하지. 어쨌든 아직 만나 보지 못한 게로군."

"지금 병을 앓고 있다고 하는데, 차츰 나아지겠지요."

"나아진다고?"

노인은 비웃는 듯이 말했다.

"이봐, 에이허브 선장의 병이 낫는다면 내 왼팔도 그동안 나았겠지."

"에이허브 선장에 대해 뭘 알고 있나요?"

"다른 사람들은 뭐라고 하든가? 그것부터 먼저 말해 보게."

"별로 들은 말이 없어요. 다만 훌륭한 고래잡이이고, 훌륭한 선장이라고만 하던데요."

"음, 그건 그렇지. 아주 훌륭한 선장이요, 또 훌륭한 고래잡이지. 하지만 오래전, 그 사람이 한 일은……. 그만하지. 모르는 편이 오히려 좋을 걸세. 하지만 일어날 일은 일어나고야 말 걸세. 아니, 어쩌면 아무 일도 안 일어날지도 모르지. 하느님의 은총이 내리길 빌겠네."

노인은 말을 하려다 그만두고 되돌아가려고 했다.

"그런데 당신 이름은 뭔가요?"

"엘리야(구약 성서의 엘리야는 예언자이다.)라고 하네."

그 한 마디를 남기고 노인은 가 버렸다.

"일어날 일은 일어나고야 말 걸세……."

나는 마지막 순간에 노인이 한 그 말이 무슨 뜻인지 궁금했다. 피쿼드 호의 운명을 예언하는 것인지, 아니면 거짓말쟁이가 하는 거짓말인지 알 수가 없었다. 따라서 마음에 담고 있을 필요가 없다고 생각했다.

다음 날, 퀴퀘그와 함께 부둣가에 갔을 때는 아직 잿빛 안개가 자욱이 낀 새벽녘이었다.

우리는 곧 피쿼드 호에 올랐다. 하지만 배에는 사람의 그림자 하나 보이지 않았다. 앞갑판으로 걸어 나가자 선원실로 통하는 문이 열려 있었다. 불빛이 보여 내려가 보니 그곳엔 늙은 인부 한 사람이 있을 뿐이었다.

"배를 타고 갈 사람인가요? 배는 언제 떠나죠?"

그러자 그 인부가 말했다.

"자네들도 배를 타나? 오늘 떠나지. 선장은 간밤에 탔으니까."

"선장이라니? 에이허브 선장 말인가요?"

다시 질문을 하려고 하는데, 갑판에서 떠들썩한 소리가 났다.

"스타벅이 일어났군."

인부가 중얼거렸다. 그러고는 계속해서 말을 이었다.

"훌륭한 일등 항해사지. 좋은 사람이야. 무엇보다도 신앙심이 매우 깊어……."

날이 완전히 밝자 선원들이 모두 배에 올랐다.

육지 사람들이 마지막 물건을 배 위로 나르자 마침내 닻과 돛이 올려지고 배는 바다를 향해 출발했다.

그러나 에이허브 선장은 선장실 밖으로 모습을 나타내지 않았다. 선장은 항해를 시작했는데도 갑판에 한 번도 나타나지 않았다. 그는 캐빈(방)에서 꼼짝 않고 있는 것 같았다.

결국 배는 선장 없이 움직이고 있었다. 즉 당직 항해사들이 선장인 셈이었다. 선장이 없어도 뱃사람들은 각자 자신의 일을 열심히 해냈다. 아무도 건성으로 하지 않았다.

무시 받는 포경업

육지에 사는 보통 사람들에게 고래잡이에 대한 인식은 그다지 좋지 않다. 신성시될 만큼 덩치가 거대한 고래의 목숨을 빼앗는 일이기 때문이다.

새삼스럽게 말할 필요도 없겠지만, 일반 사람들은 대부분 포경선이라고 하면 눈살부터 찌푸린다. 선원들의 일상 생활이 거칠고 투박하기 때문이다. 예를 들어 '나는 작살잡이입니다.' 하고 소개를 하면 사람들은 슬슬 자리를 피하곤 했다.

그렇다고 해서 작살잡이가 자신의 명함에 '향유고래 포획업'이라고 새겨 돌린다면 더욱 우스꽝스러운 일이 될 것이다. 세상 사람들이 이러한 직업을 가진 사람들을 경시하는 이유는 고래를 잡는 일이 백정과 같은 것이기 때문이다. 사실 우리는 도살업자(직업으로 짐승을 잡는 자)이다. 그런 사실을 부정하는 뱃사람은 없었다.

그러나 수많은 적을 죽이고 돌아온 병사들은 영웅 대접을 받는 데 비해, 포경선 선원들은 전혀 그렇지 못했다.

고래잡이 선원들은 고래를 잡아 사람들에게 기름을 제공하는 한편, 또 고기까지 먹을 수 있도록 하는데도 불구하고 영웅 대접은커녕 천대를 받아온 게 사실이었다.

선원들은 이 사실에 대해 고래와 싸울 때마다 자신들이 목숨을 걸고 있다는 것을 인식하지 못하는 것에서 이유를 찾았다. 세상을 밝히는 수많은 등잔과 램프, 그리고 양초는 고래잡이 선원들의 노력이 없었다면 제 몫을 하지 못했을 텐데 말이다.

또한 포경선이야말로 세상에 알려지지 않은 미지의 섬에 가장 먼저 들어가 원주민들과 접촉하고, 그들의 눈을 뜨게 했다. 새로운 땅을 발견한 것은 순전히 고래잡이 선원들의 공로라고 할 수 있는데 그것조차 인식하지 못하는 것 같았다.

많은 사람들이 대양의 한가운데에 자리하고 있는 아름다운 섬을 자유롭게 여행할 수 있게 된 것도 포경선들의 개척이 없었다면 불가능한 일이었을 것이다.

사실 오스트레일리아라는 거대한 섬이 문명 세계에 알려진 것도

고래잡이 선박인 포경선에 의해서였다.

　이제라도 사람들은 포경선이 세계의 통상이나 교류에 절대적인
도움을 준다는 사실을 기억해야 했다.

　고래에 대한 가장 오래된 기록은 구약 성서 「요나서」였다. 또 최
초의 포경 항해기를 쓴 것은 앨프레드 대왕이었다. 대왕은 그 당
시 노르웨이의 포경선이었던 오데르의 이야기를 친필로 적었다.

팀장 소개

빌대드의 노랫소리가 은은하게 들려왔다. 그 노랫가락이 아름답게 느껴진 것은 처음이었다.

물결 일렁이는 바다 저편에
초록빛 짙은 아름다운 들판 있네.
옛 유대 백성의 소망이던
요단강의 물 가나안의 땅인가.

드디어 배가 먼 바다까지 나왔다. 우리는 유난히도 추운 크리스마스 휴가 기간에 항해를 시작했다. 하늘은 폭풍을 잔뜩 담은 구름으로 가득했고, 대양은 검고 차가웠다.

여러 날 동안 나는 선장의 모습을 보기 위해 갑판 위로 나가 보았으나, 그때마다 선장은 보이지 않았다.

몸이 으스스 떨리고 오한이 발끝에서부터 올라오는데도, 한 젊은이는 피쿼드 호의 키를 잡고 씩씩하게 나아갔다.

난 그 젊은이를 만난 적이 있었다. 내가 항해에 오르기 전, 뉴베드퍼드의 피터 코핀 여인숙에서 잠깐 스쳤었다. 일행과 어울리지도, 술도 마시지 않은 채 밖으로 나간 키 큰 선원, 그가 바로 지금 키를 잡고 있는 벌킹턴이었다. 4년 동안의 지루한 항해를 끝내고 막 돌아온 벌킹턴은 쉬지도 않고 또 배를 탄 것이었다.

한편, 피쿼드 호의 일등 항해사인 스타벅은 낸터킷 출신으로, 대대로 내려오는 퀘이커 교도였다. 그는 근엄하고 꿋꿋하면서도, 몹시 다정다감했다. 그는 키가 크고 약간 마른 30세 가량의 사나이였다. 나는 강하고 침착한 그의 눈에서 바다에서 겪은 고난과 풍랑과 싸운 공포를 어렴풋이 찾아볼 수 있었다. 그도 그럴 것이, 그는 아버지와 형을 바다에 빼앗겼다. 난 바다가 얼마나 무서운 존재인지 그의 얼굴만 봐도 짐작할 수 있었다.

"고래를 겁내지 않는 자는 내 보트에 태우지 않겠다!"

스타벅은 습관처럼 말하곤 했다.

그 말은 겁낼 줄 모르는 사람은 자칫 주변 사람들까지 위험에 빠뜨릴 가능성이 높다는 이야기로, 즉 겁쟁이보다 더 위험한 인간이란 뜻이었다.

스터브는 이등 항해사였다. 케이프코드 출신이며 겁쟁이도 용사도 아닌 낙천가. 위험과 맞부딪쳐도 아무렇지도 않은 듯 잘 이겨 나갔다. 고래를 쫓는 숨막히는 상황 속에서도 목수처럼 조용히, 그리고 침착하게 모든 일을 처리하는 성격이라고 했다. 고래를 만나는 것 같은 아주 위험한 순간을 제외하고는 언제나 콧노래를 부를 정도였다. 그는 늘 파이프 담배를 입에 물고 있었고, 잠을 자는 순간까지도 담뱃대를 손이 닿는 곳에 두어야만 마음을 놓는 별난 구석도 있었다.

삼등 항해사인 플라스크는 마르더비니야드섬의 키스베리 출신으로 키가 작고 통통한 젊은 사나이였다. 그는 고래를 상당히 많이 잡은 선원이기도 했다. 고래를 만나면 신이 들린 사람처럼 몸놀림이 재빨라진다고 했다. 작달막하고 다부지게 생긴 붉은 얼굴의 이 젊은이는 고래에게만큼은 매우 전투적이었다. 마치 고래를 조상의 원수처럼 생각하고 만나기만 하면 반드시 멸망시키고 마는 것이 자기의 의무라고 생각하는 것 같았다.

이들 세 항해사는 모두 중요한 인물이었다. 이들은 항해 중 고래

가 나타나기만 하면 각각 자기들의 고래잡이 보트와 작살 등 장비를 맡았다.

페들러라는 또 한 사람의 선원이 있었는데, 그는 아첨꾼 같았다. 기회가 있을 때마다 선장에게 귓속말로 속삭이는 것으로 보아 일등 항해사가 되기 위해 배를 탄 게 아닌가, 하는 생각이 들었다.

낸터킷을 출발한 지 며칠이 지났음에도 에이허브 선장은 갑판에 모습을 나타내지 않았다. 항해사들이 교대로 당직을 서고 있었기 때문에, 어떻게 보면 그들이 배를 지휘하는 것처럼 여겨졌다.

퀴퀘그는 스타벅과 같은 조였다. 그 밖에 매사추세츠에서 온 인디언 태슈테고는 스터브와 같은 조였으며, 아프리카 출신인 대그라는 친구는 플라스크와 같은 조가 되었다.

고래의 종류

고래의 종류는 매우 다양하다. 사람들은 고래의 모든 종을 구분 짓지 않고 한데 뭉뚱그려 '고래'라고 부르지만, 고래는 각각의 종류에 따라 크고 작은 차이를 보였다.

항해를 하면서 나는 고래의 종류와 그 특징에 관한 기본적인 정보를 입수할 수 있었다.

그 첫 번째는 향유고래이다.

오랜 옛날 영국에서 '트럼파고래', 또는 '피시터고래'라고 부르던 고래이다. 이 고래는 일부 사람들에게는 '쇠모루고래'라고도 불리는데 세월이 흐르면서 지역에 따라 다른 이름이 붙었다. 예를 들면 프랑스에서는 '카샬로', 독일에서는 '포츠피슈' 또는 '매크로세

펄러스'라고 불렸다.

향유고래는 숫자도 가장 많은 종이고 성질도 가장 난폭하다. 이 고래는 상품성이 최고인데, 이 고래에서 귀중한 고급 기름을 얻을 수 있기 때문이다.

불과 몇 세기 전까지만 해도 향유고래는 그 정체가 거의 알려지지 않았다. 그래서 늙거나 다쳐 우연히 해안으로 밀려온 고래로부터 고급 기름을 얻을 뿐이었다. 특히 향유고래 기름은 기름 중에서도 값이 가장 비싼데, 이 기름은 향유고래의 머리 부분인 뇌 속에 들어 있다.

두 번째는 참고래에 관한 것이다.

참고래는 사람이 최초로 잡은 고래로 알려져 있다. 이 고래는 고래수염과 사람들이 흔히 '고래기름'이라고 하는 하급 기름을 제공해 준다.

고래를 잡는 어부들은 이 고래를 '고래', '그린란드고래', '검은고래', '큰고래', '참고래' 등 내키는 대로 이름을 지어 불렀다.

세 번째는 정어리고래이다.

이 거대한 고래는 '등지느러미', '높은 물뿜기', '롱 존' 등 여러 가지 이름을 갖고 있다. 정어리고래는 거의 모든 바다에 서식하고 있는데, 뉴욕 항로에서 대서양을 건너다 보면 물을 뿜어 대는 이

고래를 볼 수 있다.

길이와 수염은 참고래와 비슷하지만, 몸통의 굵기가 비교적 가늘고 빛깔도 더 엷어 올리브색에 가깝다. 이 고래만의 특징이라고 할 수 있는 지느러미의 길이만 1여 미터에 달하는데, 등의 뒤쪽에 삼각형을 이루어 수직으로 서 있고, 그 끝은 매우 뾰족하다.

한편, 정어리고래는 무리지어 살지 않는다. 사람들이 많이 모인 장소를 싫어하는 사람이 있는 것처럼, 정어리고래 역시 그런 성질을 갖고 있는 고래인 것 같다.

늘 혼자 다니는 정어리고래는 수줍음을 많이 타는데, 먼 바다의 침침한 수면에서 갑자기 솟아올라 물을 뿜는 모습은 매우 환상적이다.

네 번째는 혹등고래에 관한 내용이다.

혹등고래는 주로 북아메리카 해안에서 볼 수 있는데, 장사를 떠나는 행상이 커다란 봇짐을 지고 있는 것 같은 모습을 하고 있다. 그래서 고래잡이 선원들은 이 고래를 '코끼리안장고래'라고 부르기도 한다.

혹등고래는 성격이 쾌활해서 무리와 어울려 놀기를 좋아한다. 또한 움직임도 역동적이어서 다른 어떤 고래보다 힘차게 물거품을 일으키며 헤엄을 친다.

그 다음은 긴수염고래이다.

내게 행운이 따랐던 어느 날, 케이프혼 바다 멀리서 우연히 한 번 마주친 적이 있는 이 고래는 긴수염고래라는 이름 말고는 알려진 것이 거의 없다.

이 고래는 아주 예민해서 사람과의 접촉을 달가워하지 않는다. 따라서 바다 위에서 살다시피 하는 어부들 중에서도 긴수염고래를 보았다는 사람은 많지 않다.

설령 본 적이 있다고 하더라도 험준한 산마루처럼 솟아오른 등마루 외에는 물 밖으로 내놓지 않기 때문에 분간을 하기가 매우 어렵다. 그렇다고 긴수염고래가 겁이 많은 동물은 아니다.

한편, 유황고래는 사람의 눈에 띄지 않는 깊은 바다에 숨어 지내기를 좋아한다. 이 고래의 배에는 유황이 달려 있는데, 이는 고래가 바다 깊이 잠수할 때 바닥과의 마찰 때문에 생긴 것으로 알려져 있다.

이들 고래보다 몸집이 작은 고래로는 범고래, 흑고래, 코고래, 살인고래, 상어고래 등이 있다.

범고래는 물보라가 요란해 사람들의 이야깃거리로 자주 등장한다. 일부 전문가들은 범고래를 다른 종으로 분류하기도 하는데, 고래로서의 특성은 모두 갖고 있다. 몸길이는 5~8미터 정도이며,

떼를 지어 헤엄쳐 다닌다. 또한 몸속에 상당량의 기름이 있으며, 그 기름은 불을 밝히는 데 사용된다.

범고래는 포경선 선원들에게 인기가 있는 고래이기도 하다. 왜냐하면 범고래 떼가 나타나면 그 부근에 향유고래가 있다고 알려졌기 때문이다.

흑고래는 몸 색깔이 온통 검기 때문에 그런 이름이 붙여졌다. 몸길이는 12~17미터 정도로 거의 모든 해역에서 발견되며, 헤엄칠 때 지느러미를 갈고리처럼 구부리는 독특한 버릇이 있다. 선원들은 향유고래의 어획량이 목표량보다 부족할 경우, 이 고래를 잡아 값싼 가정용 기름으로 공급하곤 한다.

일각고래라고도 불리는 코고래는 뾰족하게 튀어나온 뿔을 코로 착각해 붙여진 이름이다. 몸길이는 대략 4~5미터 가량이며, 보통 뿔의 길이는 1.5미터 안팎이다. 이 뿔은 송곳니가 발달한 것으로, 턱에서 수평보다 약간 낮게 뻗어 있다. 하지만 그것이 왼쪽에만 있기 때문에 보기에는 흉하다. 아직까지 코고래의 뿔이 어떤 역할을 하는지는 밝혀지지 않았다. 어떤 어부들은 고래가 바다 밑에 있는 먹이를 찾을 때 뿔을 갈퀴처럼 사용한다고 주장하고, 또 어떤 사람들은 북극해의 두꺼운 얼음을 깨기 위해 자란 것이라고도 한다.

코고래의 피부는 표범의 모피처럼 우윳빛 바탕에 원형이나 타원형 반점이 흩어져 있어 매우 아름답다. 기름은 투명하고 순수하며 질이 무척 좋지만 양이 적다. 또 잡히는 일도 매우 드문 편이다.

살인고래에 대해서는 포경선 선원들은 물론, 학자들까지도 정확한 정보나 자료를 갖고 있지 않다. 나 역시 멀리서 한 번 본 적이 있었을 뿐이다.

몸의 크기는 대략 범고래와 비슷한데, 성질이 매우 포악한 것 같았다. 하지만 이 같은 느낌은 식인 고래라는 선입견이 있어서 생긴 것인지도 모른다.

살인고래는 때때로 자신의 몸집보다 더 큰 고래의 입술을 물고는 몸부림을 치기도 하는데, 결국은 죽음에 이르는 것으로 알려져 있다. 아직껏 살인고래를 잡았다는 사람은 없기 때문에 그 정확한 생김새나 기름의 질 또한 알 수가 없다.

꼬리 때문에 유명해진 상어고래는 자신의 꼬리를 채찍처럼 휘둘러 적을 공격한다. 이 고래 역시 몹시 포악하기 때문에 아는 바가 별로 없다. 다만 살인고래나 상어고래 모두 바다의 무법자임에는 틀림없다.

고래 중에서 몸집이 이들보다 더 작은 고래도 있는데, 만세돌고래, 해적돌고래, 가루돌고래 등이 바로 그것이다. 고래라고 하면

일반적으로 거대한 덩치를 먼저 상상하는데, 다 자란 어미의 몸집이 1.5미터 정도에 불과한 고래도 상당수 있다.

마지막은 돌고래에 관한 내용이다.

향유고래와 같이 돌고래도 역시 여러 종류가 있다. 그 하나는 만세돌고래로, 포경선 선원이 아닌 보통 사람들도 가장 흔히 볼 수 있는 돌고래다.

만세돌고래라는 이름은 내가 붙인 것이다. 이런 이름을 붙인 이유는, 여러 종류로 나뉘어진 돌고래를 확실하게 구별할 수 있는 방법을 찾아야 할 때가 되었다는 생각이 들어서이다.

만세돌고래는 늘 활기찬 모습으로 무리를 지어 헤엄치며, 독립기념일에 군중이 모자를 던지듯 넓은 바다 한가운데서 하늘 높이 뛰어오른다.

만세돌고래는 영양이 좋고 통통하기 때문에 양질의 기름을 4리터 가량 얻을 수 있다. 한편, 턱에서 짜내는 액체는 순수하기는 하지만 양이 매우 적어서 단골 고객인 유명한 보석상이 아니면 구할 수조차 없다. 그 기름은 보석에 광택을 내는 데 매우 효과적이며, 손목시계와 같은 미세한 기계에 녹이 슬지 않도록 해 준다.

만세돌고래가 내뿜는 물줄기는 매우 작아서 관심을 갖고 보지 않으면 알아보기조차 힘들 정도이다.

두 번째는 해적돌고래이다. 몸집이 만세돌고래와 비슷한 이 돌고래는 이름처럼 매우 흉폭하다. 또 때에 따라서는 상어에게 덤비기도 한다.

　나머지 하나는 가루돌고래인데, 돌고래 중에서는 가장 큰 종류로 태평양에서만 볼 수 있다. 예쁜 꼬리를 갖고 있으며, 개암나무 빛깔의 눈은 무척 아름답다. 그러나 주둥이 부분이 지저분한 가루를 묻힌 것 같아서 전체적인 분위기를 망친다. 수수한 화장에 천박한 입술 색을 칠한 셈이어서 어울리지 않는다고나 할까?

　기름은 보통 돌고래와 큰 차이가 없다.

돛대 꼭대기

내가 처음으로 돛대 당번이 된 날은 쾌적한 날씨가 계속되던 어느 날이었다. 대부분의 미국 포경선은 항구를 출발해서 목적지 어장에 닿기까지 약 2만 5천여 킬로미터를 달리는데 그동안 돛대 꼭대기에는 계속 당번을 배치해 둔다. 짧게는 3년, 길게는 5년. 그동안의 항해를 마치고 고국으로 돌아올 때까지 망보는 일이 계속되는 것이다.

맨 처음, 돛대 위에서 망을 보기 시작한 사람은 고대 이집트에 살았던 젊은이였다. 물론 그전에 바벨탑을 세운 사람들도 가장 높은 돛대를 세우려고 했겠지만, 거대한 돌로 된 그들의 돛대는 분노에 찬 신이 불게 한 태풍 때문에 무너지고 말았으니, 실패했다

고 할 수 있다.

　고대 이집트 사람들이 돛대 당번을 둔 민족이었다는 사실은 피라미드를 통해서도 알 수 있다. 피라미드는 원래 천문 관측을 목적으로 만들어졌다고 한다. 이유는 그 건조물의 네 변이 독특한 제단식으로 만들어졌다는 것에 근거를 둔다.

　고대의 점성가들은 놀랄 만큼 길게 뻗은 다리를 타고 올라가 그 꼭대기에 서서 새로운 별을 찾아 큰 소리를 질렀을 것이다. 이것은 오늘날의 돛대 당번이 다른 배의 돛이나 고래를 발견하면 소리치는 것과 같다.

　하지만 육지의 돛대 당번과 배에서의 돛대 당번은 다르다. 배의 돛대 당번은 해가 떠서 질 때까지 바다를 지키는데, 모든 선원들이 돌아가면서 두 시간마다 한 번씩 교대를 한다.

누구나 그렇겠지만 날씨가 청명한 날, 돛대 위에 오르면 기분이 무척 좋아진다. 보기에도 아찔한 3백 미터 상공에서 아래쪽을 내려다보면 지구상에서 가장 거대한 고래라 할지라도 자신의 두 다리 사이를 헤엄쳐 빠져나가는 것처럼 여겨진다. 하지만 돛대 위에 처음으로 올라간 사람은 다르다. 마치 황소의 뿔 위에 올라선 것처럼 아찔한 현기증 때문에, 한동안 정신을 차릴 수가 없다.

한편, 날씨가 추워지면 외투를 입고 돛대 꼭대기로 올라가는데, 아무리 두꺼운 외투를 껴입는다 할지라도 추위가 가시는 것은 아니다. 마치 알몸으로 빙판길을 걷는 것과 같은 추위 때문에 정신이 아득할 정도이다.

어쨌든 아무런 경험도 없는 내가 당번이 되어 돛대에 오른 것은 완벽한 실수였다. 이를테면 나는 서투르기 그지없는 감시원이었던 것이다. '눈을 부릅뜨고 사방을 살펴보라. 그리고 무슨 일이 있으면 즉시 보고하라!'는 포경선의 돛대 당번 규칙을 지킨다는 것은 무리였다. 무엇보다 사방이 바다뿐인 곳을 보고 있자니 무서운 공포가 밀려들었다. 결국 초심자를 돛대 위로 올려 보낸다는 것은 다가오는 고래를 쫓아내는 것과 다름없는 일이란 생각이 들었다.

그런 까닭에 차일드 해럴드 같은 철학자는 돛대 위에 앉아 다음과 같은 시를 읊었다고 한다.

파도쳐라,

그대 깊고 푸른 바다여,

파도쳐라,

수많은 고래기름 배,

그대 위를 헛되이 달려가네.

"에이, 머저리 같은 녀석! 고래잡이배를 탄 삼 년 동안 한 번도 고래를 발견한 적이 없다면 누가 믿기나 하겠어? 이건 완전히 놀림감이야, 놀림감이라고!"

한 작살잡이가 자꾸만 버벅거리는 신출내기 돛대 당번을 향해 비아냥거리며 말했다.

에이허브 선장과 모비 딕의 공포

매서운 겨울 한파를 뚫고 봄이 오기 시작했다. 계절의 변화와는 상관없이 우리가 탄 배는 남쪽으로 항해를 계속했다.

에이허브 선장이 갑판 위에 모습을 나타낸 것은 그 즈음이었다. 나는 선장을 처음 마주한 순간 너무 놀라서 하마터면 쓰러질 뻔했다. 머리카락이 회색빛인 그는 이마에서부터 목 언저리까지 날카로운 상처 자국이 있었다. 그 상처는 마치 엄격한 규율을 대변하는 듯했다.

그는 심각한 얼굴로 끝없이 펼쳐진 바다를 노려보고 있었다. 그런데 나를 놀라게 한 것은 얼굴의 흉터나 예리한 시선이 아니었다. 그것은 보기만 해도 섬뜩한 선장의 한쪽 의족이었다.

에이허브 선장의 의족은 향유고래의 턱을 정교하게 깎아 만든 것이었다. 처음에는 걷다가 혹시 넘어지지 않을까 하는 불안감이 생겼지만, 곧 쓸데없는 걱정이란 것을 알았다. 선장은 정상적인 두 다리를 가진 그 어떤 사람보다 자유롭게 걸음을 옮기고 있었기 때문이다.

에이허브 선장은 주머니에서 낡은 해상 기록부를 꺼내더니 연필로 경로를 꼼꼼하게 적어 나갔다. 그 기록부에는 피쿼드 호가 지금까지 지나온 길과 앞으로 항해해야 할 곳들이 자세하게 적혀 있는 듯싶었다.

처음으로 갑판에 나왔던 그는 이내 선실로 되돌아갔는데, 다음 날 아침부터는 매일 선원들 앞에 모습을 나타냈고, 갑판 위를 천천히 거닐기도 했다. 그러나 에이허브 선장은 아직껏 그 어떤 사람과도 얘기를 주고받지는 않았다. 그렇다고 눈에 띌 만한 특별한 행동을 하는 것도 아니었다.

피쿼드 호는 여전히 목적지를 향해 달리고 있었다. 배의 돛들은 모진 폭풍을 이겨 내며 항해를 계속했기 때문에 찢어져 걸레쪽이 되어 가고 있었다.

며칠이 지나 얼음과 빙산을 뒤로 한 채 따뜻한 지방으로 들어서기 시작한 피쿼드 호는, 온화하고 싱그러운 공기를 뚫기 시작했다. 때로는 바다가 너무나 고요해서 돛대 당번이 망을 보다가 졸기까지 했다.

마침내 피쿼드 호가 중국 해안 선다 해협(수마트라를 통과하는 바다)으로 항해를 시작했다. 그때 갑자기 에이허브 선장의 외침이 들려왔다.

"전원 뒷갑판에 집합!"

에이허브 선장의 그 한 마디에 선원들은 하던 일을 멈추고 뒷갑판으로 모여들었다.

"이봐, 돛대 당번! 내려와!"

모든 선원이 집합을 했다. 모두들 긴장의 빛을 감추지 못한 의아한 얼굴로 에이허브 선장을 바라보았다.

그 순간, 에이허브 선장이 큰 소리로 외쳤다.

"고래를 보면 너희들은 어떻게 하겠는가?"

"큰 소리로 알립니다!"

20여 명의 선원들이 일제히 대답했다.

"좋아. 그 다음은 무얼 하겠는가?"

"보트를 내려 뒤쫓습니다!"

"어떤 식으로 저어 가겠는가?"

"고래를 죽이느냐, 보트에 구멍이 나서 우리가 죽느냐, 둘 중 하

나입니다!"

선원들이 큰 소리로 외칠 때마다 에이허브 선장의 얼굴에는 조소와도 같은 미소가 더해지더니, 급기야는 기쁨과 만족의 빛을 띠었다.

선원들은 하나같이 코흘리개 아이들한테나 어울릴 듯한 바보스런 질문에 흥분해하는 자신들이 의아한 듯 서로 마주 보았다.

그러나 에이허브 선장이 손을 높이 쳐들고 외치자 모두들 다시 열광하기 시작했다.

"이 금화가 보이는가? 머리에 주름이 잡히고 턱이 비뚤어진, 대가리가 하얗고 오른쪽 옆구리에 구멍이 세 개 뚫린 고래를 발견한 사람에게는 이 금화를 주겠다!"

"만세! 만세!"

"그런데 그 고래가 혹시 모비 딕(거대한 흰 고래)인가요?"

누군가의 질문에 에이허브 선장이 날카롭게 소리쳤다.

"맞아! 바로 그놈이야! 내 다리를 이렇게 만든 그놈을 지옥 끝까지라도 따라가 잡고 말 테다! 자, 술을 가져와라! 술잔도!"

선원들은 일제히 함성을 질렀다.

"와!"

술 잔치가 벌어졌다.

"자, 우리들만의 잔치다. 마시고 잔을 돌려라, 돌려!"

잔을 가득 채운 술잔이 오고 갔다. 선원들은 마치 굶주린 야수가 먹이를 만난 것처럼 환호성을 지르며 술을 마셨다. 그리고 목청을 돋우어 노래를 불렀다.

우리 선장님이 갑판 위에
망원경 손에 들고 버티고 섰다!
그 어느 바다에서 물을 뿜느냐
놓치지 않으리라, 크나큰 고래!
선원들아, 보트에 밧줄을 싣고
힘내라 저어라 고래를 향해!
멋있는 고래를 쏘아 맞히자
저어라 선원들아, 힘을 다하여!
모두들 기운 내라, 눈앞에 있다
작살잡이 무얼 하냐, 작살 날려라!

우리를 실은 배는 자바와 수마트라섬 사이를 지났다. 그곳은 여러 가지 양념과 비단과 보석, 그리고 금과 상아 등의 주산지로 알려져 있었다.

우리는 향유고래와 모비 딕이 발견될지 모르는 바다로 다가가고 있었다. 망을 보는 선원들은 준비 태세를 철저하게 갖추라는 명령을 받았다.

고래잡이 항해의 성공 여부는 늘 작살잡이에 달려 있다. 위급한 상황이 벌어지면 갑판의 지휘관마저 그의 명령을 받아야 하기 때문에 작살잡이는 특별 대우를 받는다. 일반 선원들과는 달리 그들에게는 숙소도 음식도 최고급품이 제공되었다.

포경선의 수는 헤아릴 수 없이 많다. 게다가 모든 바다, 특히 보통 배들은 다니지 않는 외진 곳에서 뿔뿔이 흩어져 고래를 추적하고 있기 때문에, 대부분은 일 년이 넘도록 다른 배를 만나거나 소식을 주고받을 수가 없다.

또한 포경선은 항해 기간도 터무니없이 긴데다가 출항지에서 떠나는 시간도 제각각인 까닭에, 포경선 선원들끼리도 모비 딕에 관한 깊이 있는 정보를 교환한다는 것이 거의 불가능한 일이었다.

사실 포경선 선원들조차도 모비 딕을 직접 목격한 사람은 흔치 않았다. 다만 모비 딕은 자신을 공격한 사람들에게 치명적인 피해를 입힌 뒤 자취를 감추고 말더라는 보고를 한 배가 더러 있을 뿐이었다.

선원들 중에는, 우연히 모비 딕을 만나 횡재를 꿈꾸며 기세등등하게 덤벼들었다가 목숨을 잃을 뻔했다는 고래잡이 선원들의 이야기를 들은 뒤, 모비 딕에 대해 막연한 공포심을 갖게 된 사람도 있었다.

죽음을 무릅쓰고 모비 딕을 추격했던 고래잡이 선원들이 부서진 보트 조각이나 찢겨 나간 동료들의 팔다리 사이를 지날 때, 또는 모비 딕의 무시무시한 분노로부터 헤엄쳐 나올 때, 그들의 심정을 생각해 보면 생각만으로도 치가 떨렸다.

보트 세 척은 모두 구멍이 났고, 여기저기로 흩어진 선원들은 모비 딕이 만들어 놓은 엄청난 소용돌이에 정신을 잃은 채 휘말렸다고 한다.

그런데 오직 한 사람, 단검을 든 선장만이 부서진 뱃머리에서 고래를 향해 몸을 던졌다고 한다. 그는 곧 고래등에 올라타 겨우 15센티미터밖에 안 되는 칼로 거대한 모비 딕의 생명줄을 끊겠다며 정신없이 찔러 댔다. 바로 이 끔찍한 사고 현장에 있었던 선장이 에이허브이다.

미쳐 날뛰던 모비 딕은 몸을 흔들어 선장을 떼어 낸 다음, 눈 깜짝할 사이에 낫 모양의 아래턱을 치켜들어 에이허브 선장의 다리를 삼켜 버렸던 것이다.

그 이후, 에이허브 선장은 모비 딕에 대한 적개심을 차곡차곡 쌓

아 갔다. 고래 턱을 깎아 만든 한쪽 다리를 만지면서 복수의 칼날을 갈아 온 것이다.

그러던 어느 날이었다. 배가 이름 모를 섬을 멀찌감치 지나치고 있을 때였다. 망을 보던 선원들은 무료함을 달래기 위해 멀리 푸른 야자수가 무성한 섬을 바라보고 있었다. 신선한 계피 향기가 바람에 실려 오는데 그 순간, 망을 보던 선원이 갑자기 고함을 질렀다.

"고래다! 하나, 둘, 셋, 아니 고래 떼가 몰려오고 있다!"

바라다보니 고래들의 숨구멍에서 분출되는 흰 물줄기가 마치 활활 타는 연기를 내뿜는 굴뚝처럼 보였다.

"저기에 닻을 내려라!"

에이허브 선장이 소리쳤다.

"옛! 알겠습니다."

모두가 바쁘게 움직였다. 보트로 옮겨 탄 고래잡이 선원들은 죽을힘을 다해 노를 저었다.

그들은 이내 고래 떼가 있는 곳에 다다랐다. 퀴퀘그가 고래를 향해 작살을 힘차게 던지자 작살에 맞은 고래가 곧 몸을 뒤틀었다. 몸부림을 치는 고래 때문에 작살 밧줄은 금세 뒤엉켜 버렸다.

"밧줄, 밧줄을!"

퀴퀘그가 동료 선원들에게 소리쳤다.

"어서 밧줄을 달라니까!"

이번에는 날카로운 창을 꼬리 쪽으로 던졌다. 두 번이나 연거푸 상처를 입은 고래는 더욱 난폭하게 몸부림을 치면서 헤엄쳐 달아났다.

고래가 너무나 난폭하게 몸부림을 치는 바람에 작살과 창에 딸린 줄이 서로 꼬여 엉켜 버렸다. 그리고 칼날이 달린 창은 고래의 꼬리에 박혀, 꼬리를 휘저을 때마다 가까운 곳에 있던 다른 고래들에게까지 상처를 입혔다.

피쿼드 호는 주위를 둘러싸고 있는 많은 고래들 때문에 움직일 수가 없을 지경이었지만, 겨우 한 마리를 잡았을 뿐이었다. 선원들은 고래 한 마리를 잡기 위해 수많은 작살을 던졌으며, 배 주위는 온통 피바다가 되었다.

어느새 바다에 어둠이 드리우자 피쿼드 호의 돛대에 달린 등불이 바닷길을 희미하게 비추어 주었다. 에이허브 선장은 불빛 아래에 서서 커다랗게 떠오른 고래 등을 한동안 바라보더니 선실로 들어가 이튿날 아침까지 모습을 드러내지 않았다.

에이허브 선장은 고래와의 싸움이 진행되는 동안 평소와는 다른 긴장감을 보였다. 또 막상 고래를 포획한 뒤에는 막연한 불안과 초조, 또는 절망감 같은 표정을 가끔씩 얼굴에 드러내 보이기도 했다. 어쩌면 배 위로 끌어올린 고래를 보면서, 모비 딕을 당시에 완전히 죽이지 못했다는 자책 때문에 스스로를 괴롭히고 있는 건지도 몰랐다. 선장은 아마 수천 마리의 고래를 잡는다 할지라도, 그것이 모비 딕이 아니라면 손톱만큼의 만족감도 느낄 수 없을 것 같았다.

얼마 뒤, 피쿼드 호의 갑판에서 깊은 바다에 닻을 내리는 것 같은 요란한 소리가 들렸다. 이내 무거운 쇠사슬을 갑판 위로 질질

끌어와 뱃전의 구멍으로 내던지는 것이 보였다.

하지만 그 소리는 닻을 내리는 소리가 아니라, 거대한 고래의 시체를 계류(붙잡아 매어 놓음)하기 위한 것이었다. 머리는 뒷갑판에, 꼬리는 뱃머리에 붙들어 맸다.

이등 항해사 스터브는 승리에 도취하여 여느 때와는 다른, 애교 있는 모습을 연출했다. 그는 흥에 겨워 이곳저곳으로 분주히 다녔는데, 그의 상관인 스타벅은 한동안 말없이 그의 행동을 지켜보기만 했다.

곧 스터브의 기분을 흥겹게 한 원인을 알 수 있었다. 스터브는 미식가(좋은 음식을 즐겨 먹는 사람)인데, 자신의 미각을 즐겁게 해 주는 고래 고기가 옆에 있기 때문이었다.

"자아! 스테이크다, 스테이크! 잠들기 전에 스테이크나 한 점 먹어 보세!"

스터브는 흥분하면서 소리쳤다.

"이봐! 내려가서 꼬리를 한 조각 잘라 오게."

한밤중에 고래는 꼬리가 잘려 스테이크 요리가 되었다.

스터브는 향유고래 기름을 쓰는 초롱불 두 개를 켠 다음, 테이블 위에 고래 스테이크 야식을 올려놓았다.

그날 밤 기름진 고래 고기 향연을 즐긴 것은 비단 스터브만이 아니었다. 선원들은 상처로 피를 흘리고 있는 고래에 달라붙었다. 그래서 평소에는 엄두도 내지 못할, 살아 있는 고래의 살코기를 뜯어 먹으며 입맛을 다셨다.

"주방장!"

스터브는 고래 고기를 쉴 새 없이 입속으로 넣으며 주방장을 불렀다.

"부르셨습니까?"

"자네, 이 스테이크를 너무 많이 손질했다고 생각하지 않나? 지나치게 두들겨 팼단 말이야. 그래서 씹는 맛이 없어져 버렸어. 주방장 자네 나이가 몇인가?"

"내 나이가 스테이크와 무슨 관계가 있다는 거죠?"

늙은 흑인은 무뚝뚝하게 되물었다.

"입 닥쳐! 나이가 몇이냐니까?"

"사람들이 아흔쯤 되었다고 하대요."

흑인 주방장이 중얼거리듯 말했다.

"그럼 이 세상에 태어나 백 년 가까이 살고 있으면서 고래 고기 스테이크 하나 제대로 요리할 줄 모른단 말인가? 그렇다면 출생지는 어딘가?"

"로어노크강(버지니아주와 북캐롤라이나주를 지나 태평양으로 흐르는

강)의 나룻배 창고입니다."

"나룻배에서 태어났다고? 그것도 묘하군. 그러나 내가 물은 건 어느 나라 출신인가 하는 거야."

"로어노크강이라고 말씀드리지 않았나요?"

노인은 화가 난 듯이 목소리를 높여 말했다. 그리고 들리지 않을 만큼 나직이 혼잣말로 중얼거렸다.

'아, 하느님! 그놈에게 고래를 먹게 하지 마시고, 고래가 그놈을 먹게 하소서.'

고래 고기와 요리의 역사

　나는 고래기름으로 불을 밝힌 등불 밑에서 스터브가 고래 고기를 게걸스럽게 먹는 모습을 유심히 보았다. 어쩐지 야만적이라는 생각이 들었다.

　고래 고기를 먹었다는 기록은 약 3백여 년 전으로 거슬러 올라간다. 그 당시 프랑스에서는 큰 고래의 혀 요리가 매우 맛있다는 평가를 받아서 진귀한 음식으로 여겨졌다. 그래서 값도 매우 비쌌다고 한다. 헨리 8세 때에는 어떤 궁중 요리사가 구운 돌고래 고기에 발라 먹는 기막힌 소스를 만들어서 큰 상을 받기도 했다. 사실 그 소스를 곁들여 먹는 요리는 오늘날까지도 맛있는 고급 음식으로 사랑받고 있다. 고래 고기를 당구공만 한 크기로 뭉쳐서 양념

과 향료를 잘 발라 익히면 바다거북이나 송아지 요리는 비교도 안
될 만큼 맛이 좋았다.

옛날에 던퍼믈린(스코틀랜드의 에든버러 근처의 마을)의 수도사들도
이 요리를 매우 좋아했기 때문에 왕실로부터 대량의 돌고래 고기
를 하사받기도 했다고 한다.

오늘날에도 일부에서는 고래 고기를 고급 요리로 취급하고 있
다. 하지만 고래가 워낙 크고 고기의 양이 워낙 많아 제 가치를 인

정받지 못하기도 한다. 어느 날, 30미터나 되는 고래 고기 만두 앞에 앉아 있게 된다면 그 어떤 사람도 그 크기에 질려 식욕을 잃고 말 것이다.

어쨌든 스터브처럼 아무런 편견도 없는 사람들만이 오늘날까지 고래 요리를 좋아하는 것이다. 그러나 에스키모인은 예외다. 이들은 고래 고기를 날것으로 먹으며, 고래기름으로 매우 질 좋은 술을 만들기도 한다.

나는 스터브가 고래기름으로 밝힌 등불 밑에서 고래 고기를 맛있게 먹는 모습을 보며, 참 잔인한 일이라고 생각했다.

하지만 대부분의 사람들이 스터브와 같은 행동을 스스럼없이 했다. 어디 그것뿐이겠는가? 송아지 고기로 만든 스테이크를 먹을 때 쓰는 나이프 자루는 그들 형제의 뼈로 만든 것이고, 거위 고기를 먹고 이를 쑤실 때 쓰는 것은 거위의 깃털이다. 더구나 거위학대방지협회 사무실에서 '이제 거위를 그만 괴롭히자.'라는 결의문을 만들 때 사용했던 펜도 거위의 깃털이라니, 정말 잔인하다고 하지 않을 수 없다. 두 번 죽는 것은 고래만이 아니다. 송아지도, 거위도 사람에 의해 두 번씩 죽음을 당하는 것 같다.

고래 가죽

    귤껍질이 속에 들어 있는 열매를 감싸고 있는 것처럼, 고래 가죽은 고래를 둘러싸고 있다. 감기에 걸린 사람이 이불을 둘둘 감고 있는 모습과도 비슷하다. 그런 고래의 가죽은 지육(기름기와 살코기)이 주성분이다.

    고래를 사냥해 마무리 작업을 하는 모습을 살펴보면, 귤껍질을 벗길 때와 비슷하다. 귤을 한 바퀴 돌리면서 껍질을 벗겨 알맹이를 꺼내는 것처럼, 고래 가죽 역시 그와 비슷한 형식으로 몸에서 벗겨진다. 이를테면 바닥에 두꺼운 카펫을 펴는 것 같은 느낌이 든다.

    나아가 고래 가죽은 쇠고기와 비슷한 육질이지만, 그 조직이

치밀해 쇠고기에 비해 더 단단하고 탄력이 강하다. 또한 두께는 20~40센티미터에 이른다.

대부분의 사람들은 고래 가죽의 두께가 40센티미터에 이른다고 하면 믿으려고 하지 않는다. 터무니없는 거짓말이라고 생각하는 것 같다. 하지만 고래는 지육 이외의 다른 껍질은 없다.

물론 고래를 처음 잡았을 때 극히 얇고 투명한 운모(돌비늘)와 같은 막을 손으로 벗겨 낼 수는 있다. 그것은 마치 비단처럼 부드럽고 유연하지만, 그것은 어디까지나 물기가 남아 있을 때까지의 얘기다. 배에 실리거나 육지로 끌려나와 수분이 마르면, 그 막은 빠른 속도로 오므라든다. 또한 두꺼워질 뿐만 아니라 딱딱해져서 쉽게 부스러지기도 한다.

이와 같이 매우 얇은 운모 같은 물질이 고래의 전신을 감싸고는 있지만, 이것은 고래의 가죽이 아니다. 이것에 굳이 이름을 붙여야 한다면 고래 가죽을 감싸고 있는 가죽이라고 하는 것이 마땅할 것이다. 끔찍할 정도로 거대한 고래의 가죽이 갓 태어난 아기의 피부보다도 얇고 부드럽다면 우스울 것이다.

한편, 고래의 지육에서는 엄청난 양의 기름을 뽑아 낼 수 있다. 예를 들어 다른 고래에 비해 몸집이 비교적 큰 향유고래의 경우는 한 마리에서 무려 백 통이 넘는 기름을 뽑아 낼 수 있다. 이것을 무

게로 계산해 보면 껍질 전체의 4분의 3에 해당되는 양이다.

살아 있는 고래는 지육이라는 껍질을 뒤집어쓰고 있는 것과 같다. 겨울철이 되면 사람들이 담요를 뒤집어쓰고 있는 것과 같다고 해도 틀린 말은 아니다. 고래가 계절이나 날씨에 상관없이 바닷속을 헤엄치고 다닐 수 있는 것도 순전히 그 두꺼운 지육 덕분이라고 할 수 있다.

고래는 사람과 마찬가지로 폐로 호흡을 하고, 몸속에 흐르는 피 역시 따뜻하다. 따라서 피의 온도가 낮아지면 움직임도 둔해져 결국은 죽고 만다. 고래의 껍질이 두꺼운 이유는 바로 거기에 있다. 비록 차가운 북극이나 남극양에서 살고 있는 고래라 할지라도, 그 몸속에 흐르는 피는 보르네오섬에서 여름을 견디고 있는 흑인의 피처럼 따뜻하기 때문에 살아갈 수가 있는 것이다.

망망대해에서 만난 제로보암 호

"돛대가 보인다, 돛대가 보여!"

큰 돛대 꼭대기에서 환희에 찬 목소리가 울려 퍼졌다.

"돛대라고? 좋은 소식이군!"

에이허브 선장이 기분 좋게 소리치며 갑자기 몸을 일으켰다. 그의 이마에 드리워져 있던 어둠이 순식간에 사라지는 것 같았다.

"그래, 어느 방향에 있는가?"

"오른쪽 뱃머리, 3도 방향입니다. 바람에 밀려 이쪽으로 오고 있습니다."

망망대해에서 몇 달 동안 사람 그림자 하나 보지 못하다가 배를 만나니 너무나 반가웠다.

얼마 뒤, 망원경에 비친 그 배는 돛대 꼭대기에 있던 당번 선원에 의해 포경선임이 밝혀졌다.

마침내 상대편도 피쿼드 호의 신호에 응답했는데, 특별한 신호를 통해 그 배는 낸터킷의 제로보암 호임을 알 수 있었다.

이윽고 제로보암 호가 가까이 다가왔다. 방문객인 건너편 선장에 대한 예의를 다하기 위해, 스타벅의 명령에 따라 뱃전 사다리를 준비해 놓았다. 하지만 건너편 배의 선장은 보트 뒷갑판에서 손을 저으며 그럴 필요가 없다고 알렸다. 제로보암 호에는 악성 열병이 돌고 있어서 피쿼드 호의 선원들에게 전염이 될까 두렵다는 것이었다.

"우린 전염병 따위를 두려워하지 않소."

에이허브 선장은 뱃전에 서서 보트 뒷갑판에 서 있는 제로보암 호의 메이휴 선장에게 말했다.

"자, 어서 오시오. 그래, 모비 딕은 보았소?"

에이허브 선장은 제일 궁금한 것부터 물어보았다.

메이휴 선장은 에이허브 선장의 기대를 저버리지 않고, 모비 딕에 대한 참혹한 이야기를 들려주었다.

제로보암 호는 항구를 떠난 지 얼마 지나지 않아 조업을 마치고 돌아오던 어느 포경선을 만났다고 했다. 그 배의 선원들은 처참한 몰골을 하고 있었는데, 그들에 의해 모비 딕의 존재와 녀석의 흉악한 소행에 대해 분명히 알게 되었다는 말도 덧붙였다. 그들이 마지막으로 한 말은 혹시 모비 딕을 만나더라도 그 괴물을 공격해서는 안 된다는 경고였다고 한다.

그러나 에이허브 선장은 메이휴 선장의 만류에도 불구하고 결심을 바꾸지 않았다.

"나는 끝까지 추격할 것이오!"

그는 메이휴 선장을 향해 선언하듯 말했다.

"선장, 내 우편 주머니 속에 틀림없이 당신 배의 선원에게 가는 편지가 있었소. 스타벅, 주머니를 찾아보게."

이처럼 포경선은 다른 배에 나누어 줄 편지도 많이 맡아 가지고 다녔다. 대부분의 편지는 목적을 달성하지 못하고 바다에 버려지지만, 또 상당수의 편지는 2~3년 또는 그 이상의 세월이 지난 뒤에야 겨우 본인 손에 들어가기도 한다.

스터브와 플라스크가 큰 고래를 잡다

피쿼드 호는 서서히, 그러나 미끄러지듯 앞으로 나아갔다. 지난 밤부터 배가 지나쳐 온 해면에는 노란 새끼 정어리가 가득 떠 있었다. 그것은 주변에 엄청나게 큰 고래가 있다는 확실한 증거였다.

드디어 기회가 왔다. 엄청나게 큰 고래를 손에 넣을 절호의 기회가 다가온 것이었다. 바람 부는 방향에서 고래가 물을 뿜는 모습이 보였다. 스터브와 플라스크는 보트 두 척을 지휘해 추격하기 시작했다. 그들은 멀리 저어 나가 마침내 돛대 꼭대기에서도 보이지 않게 되었다.

그리고 잠시 뒤, 바다 멀리서 하얀 파도가 크게 너울거렸다. 뒤이어 돛대 당번으로부터 두 척의 보트가 고래에 밧줄을 맨 것 같다

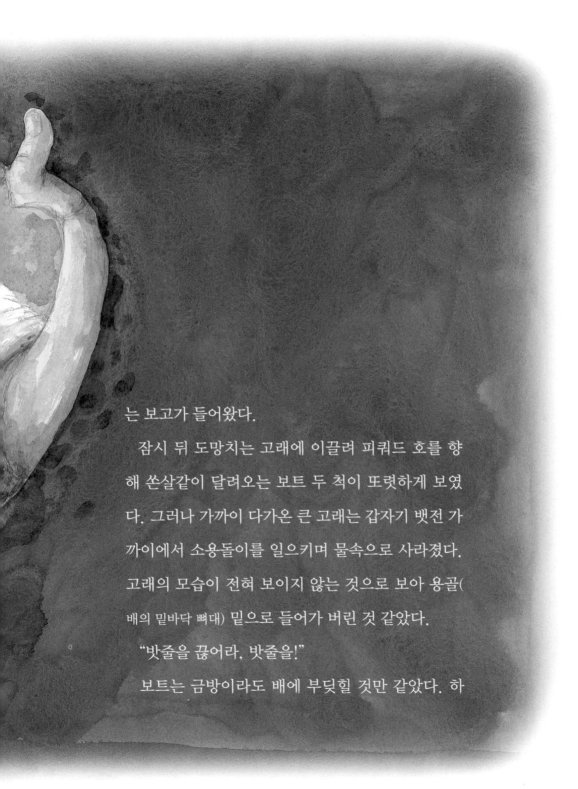

는 보고가 들어왔다.

　잠시 뒤 도망치는 고래에 이끌려 피쿼드 호를 향해 쏜살같이 달려오는 보트 두 척이 또렷하게 보였다. 그러나 가까이 다가온 큰 고래는 갑자기 뱃전 가까이에서 소용돌이를 일으키며 물속으로 사라졌다. 고래의 모습이 전혀 보이지 않는 것으로 보아 용골(배의 밑바닥 뼈대) 밑으로 들어가 버린 것 같았다.

　"밧줄을 끊어라, 밧줄을!"

　보트는 금방이라도 배에 부딪힐 것만 같았다. 하

지만 다행스럽게도 통(작살과 연결되는 밧줄을 풀기 쉽게 말아 두는 통)에는 아직 밧줄이 남아 있었고, 고래가 잠수하는 속도도 상당히 느려져서 보트는 뱃머리 쪽으로 방향을 돌릴 수 있었다. 보트와 고래의 격투는 그야말로 손에 땀을 쥐게 했다.

그렇게 얼마나 시간이 흘렀을까? 고래는 마침내 피를 내뿜으며 사체가 되어 뒤집히고 말았다. 승리를 거둔 보트의 두 지휘관은 고래 꼬리에 밧줄을 잡아매면서 이야기를 주고받았다.

"이런 형편없는 고래 대가리가 왜 필요할까?"

"나도 몰라. 하여튼 저 노랑둥이 페들러 녀석이 향유고래 대가리를 배에 매달면 배가 가라앉지 않는다고 말하는 걸 들은 적이 있어. 그 녀석은 배의 액막이를 다 아는 것 같더라니까. 난 때때로 그 녀석 주술에 걸려 이 배도 나중에는 가라앉는 게 아닌가 싶어. 난 페들러 녀석이 싫어. 그놈의 송곳니는 꼭 뱀 대가리처럼 뾰족하단 말이야."

"죽일 놈! 쳐다보기도 싫어. 페들러 저 녀석은 분명히 악마가 변장한 걸 거야."

"그놈은 잘 때 긴 장화를 신더라니까. 난 녀석이 똘똘 말아 놓은 밧줄 속에서 자는 걸 여러 번 보았어."

"틀림없어. 그건 놈의 꼬리 때문일 거야. 밧줄 구멍 속에 쑤셔

넣을 거란 말이야."

"늙은이(선장을 말함)는 뭣 때문에 그놈을 감싸고돌까?"

"무슨 계약이나 거래 같은 걸 한 게지."

"계약? 뭐에 대한?"

"내 말을 들어 봐. 늙은이는 모비 딕을 쫓는 데 미쳐 있지 않은
가. 그러니 저 악마가 늙은이를 설득해서 늙은이의 은시계니 영혼
이니 그런 것을 내놓게 하고, 그런 다음 모비 딕을 내주겠다, 그런
게 아닐까?"

"이봐, 스터브. 사람 놀리지 말게. 어떻게 페들러가 그런 일을
할 수 있겠어?"

"나도 몰라, 플라스크. 하지만 놈은 매우 괴상한데다가 엉큼하
기까지 한 데가 있어."

"대체 페들러는 몇 살이나 됐을까, 스터브?"

"그걸 내가 어찌 알겠어?"

"어찌 된 셈인지, 놈은 나이도 짐작할 수가 없어."

"바로 그게 문제라니깐!"

이때 본선에서 고래를 왼쪽으로 끌고 가라는 명령을 내렸다. 그
곳에는 꼬리지느러미를 잡아맬 쇠사슬을 비롯한 여러 가지 도구
가 갖추어져 있었다.

한편, 페들러는 그 순간, 큰 고래의 머리를 조용히 바라보고 있었다. 이따금씩 고래 머리에 팬 깊은 주름을 보다가 자기 손의 힘줄로 시선을 옮기곤 했다. 에이허브 선장 역시 우연히 그곳에 서 있었기 때문에, 그 배화교(불을 숭배하는 신앙) 신도는 선장의 그림자 속에 서게 되었다. 아니, 처음부터 배화교도의 그림자도 있었다. 다만 그것이 에이허브 선장의 그림자와 섞여 훨씬 더 길게 보였을 뿐이다.

검둥이 소년 핍

피쿼드 호에 오른 선원들 중에는 핍이라는 검둥이 소년이 있었다. 배 안에서 잔심부름을 하는 아이인데, 나이가 가장 어리고 겁도 많았다.

핍은 어느 날 올라타서는 안 되는 보트에 올라타는 만용을 부렸다. 보트는 용감하고 몸도 크고 강한 사람만이 탈 수 있었다. 핍처럼 나이가 어리고 겁이 많은 사람은 배에 남아 당번을 하는 것이 불문율처럼 전해지고 있었는데, 그것을 어긴 것이다.

핍은 겁은 많지만 영리했다. 게다가 쾌활하고 명랑했다. 그래서 모든 선원들에게 귀여움을 받았다. 그런데 타서는 안 될 보트에 오른 것은 보통 문제가 아니었다. 마침 노잡이 한 사람이 손을 다치는 바람에 자신이 대신 보트에 올랐다고 했다.

그날도 여느 때와 다름없이 고래 가까이 다가간 작살잡이가 작살을 던졌다. 그런데 깜짝 놀란 고래가 방향을 바꾸더니 보트를 들이받았다. 하필이면 불쌍한 핍의 자리 바로 밑이었다. '쾅!' 소리와 함께 보트가 공중으로 치솟았다. 그 순간이었다. 화들짝 놀란 핍은 그만 안전 손잡이를 놓쳐 허공으로 솟구쳐 오르더니, 바다에 빠지고 말았다.

작살에 맞은 고래는 보트를 들이받고는 도망치기 시작했고, 그 바람에 작살에 연결되어 있던 밧줄이 풀리면서 핍을 감싸 버렸다. 그대로 둔다면 핍은 밧줄에 묶여 죽고 말 것 같았다.

뱃머리에 서 있던 태슈테고가 스터브를 향해 물었다.

"밧줄을 끊을까요?"

그때 새파랗게 질려서 숨이 막힐 것 같은 핍의 얼굴은 '끊어 주세요. 제발 부탁이에요!'라고 애타게 호소하고 있었다. 이 모든 일이 눈 깜짝할 사이에 일어났다.

"제기랄! 끊어야겠군!"

스터브는 고래를 놓친 것이 억울했지만 핍을 살리기 위해 밧줄을 끊으라는 명령을 내릴 수밖에 없었다.

결국 고래는 도망가고 핍은 어렵게 목숨을 구했다. 하지만 선원

들로부터 꾸중을 실컷 들어야 했다.

　스터브는 핍에게 조용히 말했다.

　"핍! 절대로 보트에는 오르면 안 돼. 앞으로는 바다에 빠져도 구
해 주지 않을 거야. 오늘 너 때문에 놓친 고래 값이 얼마나 되는지

알아? 고래 한 마리 값이 네 몸값보다 훨씬 더 비싸다는 사실을 명심하라고!"

그 뒤로 핍은 모든 선원에게 감시의 대상이 되어 배 안에서 꼼짝도 하지 않았다. 오로지 선장실에서 잔심부름만 했다. 핍은 겁이 많아도 보트는 몹시 타고 싶었던 모양이다. 어린 마음에 포경선 선원이라는 자부심과 함께 보트에 올라 고래를 직접 사냥하고 싶은 욕심도 있었을 것이다.

한편, 작살에 맞은 고래는 끝내 잡을 수 없었다.

곧 피쿼드 호의 기름 솥에 불을 지피는 일이 시작되었다.

스터브가 명령했다.

"준비되었지? 그럼, 뚜껑을 열어라!"

한밤중까지 그 작업은 계속되었다. 고래기름 덩어리를 솥에 넣고, 선원들이 번갈아 가며 굵고 긴 막대로 휘저었다. 아궁이에서는 불꽃이 활활 타고, 솥에서는 기름이 부글부글 끓었다.

피쿼드 호는 계속 달렸다.

향유고래의 머리와 고래기름

향유고래의 머리 앞부분은 수면과 거의 수직으로 되어 있다. 입은 턱 아래 있으며, 코는 없다. 다만 사람의 코 구실을 하는 물 뿜는 구멍이 머리 꼭대기에 달려 있을 뿐이다. 눈과 귀는 머리 양쪽, 전면부에서 전체 길이의 3분의 1 정도 뒤에 있다.

결국 향유고래의 앞부분은 어떤 장식도 없는 밋밋한 벽과 같다고 하면 옳을 것이다. 또한 앞머리 뒤쪽에 뼈의 흔적이 약간 남아 있긴 한데, 두개골은 고래의 주둥이 끝에서 꼬리 쪽으로 6미터 정도 떨어진 곳에 있다. 결국 우리가 고래의 머리라고 생각하는 그 부분은 뼈 없는 거대한 혹 덩어리인 것이다. 그 혹 속에 감미로운 기름이 가득 들어 있다.

작살에 맞아 잡혀 올라온 불쌍한 고래는 곧 조각으로 잘려 각각의 쓰임새에 따라 처리된다.

기름 덩어리는 어른 키보다 더 깊은 가마솥에 던져진다. 그것을 끓여서 고래기름을 만드는 것이다. 그 고래기름은 통에 저장되었다가 미국으로 운반되어 선주에 의해 팔려 나간다.

보통 고래 한 마리에서 얻어지는 기름은 대략 50통 정도이므로, 향유고래의 경우는 약 10톤 정도의 기름을 생산한다고 생각하면 된다. 간혹, 아주 큰 향유고래에서는 그보다 곱절이나 많은 기름을 얻을 수도 있다.

고래기름은 여러 가지 용도로 쓰이지만, 대부분은 가정에서 등불용으로 쓰인다. 뉴베드퍼드에서는 딸이 시집을 가면 아버지가 혼숫감으로 고래를 주고, 조카들이 시집을 가면 돌고래를 나누어 준다는 말이 있다. 화려한 결혼식을 보려면 뉴베드퍼드로 가면 된다. 어느 집이든 기름 탱크는 가득 차 있고, 사람들은 밤마다 고래기름으로 만든 양초를 아낌없이 밝힌다.

모비 딕이란 흰 고래를 말한다.

진주나 대리석 등 대부분의 자연물에서 흰색은 기품이나 아름다움을 더해 고귀하게 빛나는 것처럼 보인다. 또 흰색은 예부터 환희를 나타내는 표시여서 로마 사람들은 축제날을 흰 돌로 나타내기도 했다. 그뿐만 아니라 신부의 순결이나 노인의 인자함 등 갸륵하고 숭고한 것을 나타낼 때도 흰색을 사용한다. 그러나 바다에서 흰색은 공포를 상징한다. 바닷 사람들이 흰색에 대해 느끼는 공포감은 육지 사람들의 상상을 초월한다.

고래의 습성을 잘 모르는 사람들은 한없이 넓은 바다에서 하얀 고래 한 마리를 찾는 것은 지극히 어리석은 짓이라고 생각할지도 모른다. 그러나 에이허브 선장의 생각은 달랐다. 그는 조류와 해류의 상태를 잘 알고 있었다. 고래의 먹잇감이 조류를 타고 흐르는 상태를 정확하게 알기 때문에, 고래가 있는 위치와 언제 만날 수 있는지까지도 정확하게 계산해 낼 수 있는 것 같았다.

뿐만 아니라 고래 무리는 어떤 바다에서 다른 곳으로 옮겨 갈 때마다 일정한 바닷길을 거친다는 것도 알고 있었다. 또 만일 해도 상에서 10분의 1밀리미터의 오차만 있어도 현장에서는 엄청나게 어긋나는 결과를 가져온다는 것도 알고 있었다.

하지만 에이허브 선장에게는 그것만으로는 통용되지 않는 것이 있었다. 보통 고래가 아닌, 모비 딕에 대한 집념이 그를 그렇게 만든 것이다.

고요한 밤, 자정 무렵이 다 되었을 때 뱃머리에 이는 하얀 물거품 앞쪽에 은빛 물줄기가 솟아올랐다. 그 물줄기를 맨 처음 발견

한 사람은 페들러였다. 페들러는 어스름한 달밤에 큰 돛대 위에 올라가 엄중히 망을 보는 버릇이 있었다.

　에이허브 선장은 몹시 긴장한 듯했다. 선장은 갑판 위를 뛰어다니면서 위에 있는 돛과 상부 가로돛을 비롯한 모든 보조 돛을 펴라고 명령했다. 선상에서 가장 수련이 잘된 선원에게 키를 잡게 하고, 모든 돛대 꼭대기에는 망보는 사람을 배치했다.

　배는 곧 바람을 잔뜩 안고 달리기 시작했다.

퀴퀘그와 카누 모양의 관

우리는 모비 딕을 찾아 항해하는 동안 피퀴드 호에 있는 통 몇 개가 새는 것을 발견했다. 우리는 서둘러서 어느 통이 새는지를 확인해야 했고, 구멍을 찾아내 틀어막을 필요성이 있었다. 그 일을 민첩하고 영특한 내 친구 퀴퀘그가 자진해서 맡기로 했다.

배 밑의 화물 창고는 어둡고 몹시 추웠다. 퀴퀘그는 일하는 동안 땀을 흠뻑 흘렸고, 이내 추위에 오들오들 떨었다. 끝내 오한이 나고 열이 나서 퀴퀘그는 며칠 동안 자리에 앓아누웠다.

열이 점점 높아지고 먹지도 못하자 몸이 무척 쇠약해졌다. 겨우 며칠 동안 열병에 시달렸을 뿐인데 그는 그동안 형편없이 야위어 뼈와 문신밖에 남지 않은 것 같았다.

힘없이 껌벅이는 그의 눈은 마치 생명의 영혼이 그를 떠나고 있는 것처럼 보였다.

나는 퀴퀘그가 죽을까 봐 걱정이 되었다.

난 전에 고래잡이 어부가 죽으면 낸터킷에서는 흔히 거무스레한 나무로 만든 카누에 시체를 실어 바다에 띄운다는 말을 들은 적이 있었다.

선원들은 병으로 인해 죽어 가는 퀴퀘그에 대해 모두들 단념한 것 같았다.

퀴퀘그도 자신의 병을 알고 있었다. 동이 틀 무렵, 그는 새벽 당번을 불러서 그의 손을 잡고 작은 목소리로 말했다.

"전에 작은 카누를 본 일이 있네."

이 말을 들은 당번은 이렇게 말해 주었다.

"낸터킷 사람들은 고래잡이가 죽으면 검은 카누에 눕혀 헝겊에 싸서 바다에다 장사를 지낸다오."

이 말을 들은 퀴퀘그는 무척 기뻐하며 자신이 그 카누에 한번 누워 보았으면 좋겠다고 말했다. 그 까닭은 퀴퀘그 부족의 관습과 거의 같은 방법이기 때문이라고 했다.

그들은 전사한 용사를 향료로 썩지 않게 하여 카누에 입관시킨 뒤 별의 섬으로 보낸다는 것이었다. 그들은 별을 섬이라고 믿고 있을 뿐만 아니라, 눈에 보이는 수평선 저 너머에 잔잔한 바다와 푸른 하늘이 맞닿은 은하수가 하얀 물결을 이룬다고 믿고 있었다.

이런 퀴퀘그와 당번 간의 이야기가 갑판에 전해지자, 목수는 즉시 퀴퀘그가 주문한 것을 만들라는 명령을 받았다. 거무스름한 널빤지로 관을 만들면 좋겠다는 것이었다.

명령을 들은 목수는 곧 자를 들고, 퀴퀘그의 몸 치수를 정확히 쟀다.

"참 불쌍한 놈이야."

롱아일랜드 출신의 선원이 말했다.

목수는 관을 짜기 시작했다. 그는 마지막 못을 박고, 뚜껑에도 충분히 대패질을 하여 씌운 뒤, 관을 가볍게 어깨에 메고 앞갑판으로 가져왔다.

선원들이 저쪽에 두라고 하자 퀴퀘그는 당장 자기가 있는 곳으로 가져오라고 했다.

모두들 이말에 놀라긴 했으나 반대하지는 않았다. 퀴퀘그는 어차피 죽을 몸이니 자기 멋대로 하게 내버려두자고 생각하는 것 같았다.

퀴퀘그는 작살 칼날과 노 한 개를 나란히 관 속에 넣게 했다. 그러고는 자신도 그 속에 들어가 조용히 누웠다. 눈을 감고 꿈속에 잠긴 사람처럼 조용히 있었다.

그런데 이때 아까부터 몰래 근처를 서성거리던 핍이 퀴퀘그가 누워 있는 곳으로 다가와서 손을 잡았다. 다른 손에는 탬버린을 든 채 울면서 이렇게 중얼거렸다.

"불쌍한 방랑자여, 당신은 이 기나긴 방랑을 이쯤에서 끝낼 셈인가요? 어디로 가시는지요? 하지만 당신이 만일 해류를 타고 연꽃이 피어 있다는 그 아름다운 앤틸리스섬으로 간다면 부탁할 것이 하나 있어요. 훨씬 전에 없어진 핍이라는 아이를 찾아주세요. 나는 그 애가 틀림없이 머나먼 앤틀리스섬에 있으리라고 생각해요. 만일 찾게 된다면 위로라도 해 줘요. 틀림없이 슬퍼하고 있을 테니까요. 자, 이것 봐요. 이 탬버린을 두고 갔단 말이에요. 내가 찾았지요, 저 밧줄 속에서 말이에요. 리그 아 디그, 디그, 디그! 자, 퀴퀘그! 당신이 죽으면 내가 장송곡을 불러 줄게요."

"언젠가 들은 이야기인데 말이야."

스타벅은 현창(배의 옆구리에 낸 창)으로 내려다보며 말을 이었다.

"열병에 걸리면 아주 무식한 인간도 고대의 말로 말한다는 거야. 그리고 그 수수께끼를 조사해 보니, 그 사나이는 이미 잊어버린 어린 시절에, 어떤 훌륭한 학자가 그 고대의 말로 이야기 하는 것을 들은 적이 있었다는 거야. 그래서 나는 믿고 싶네. 이 불쌍한 핍이란 놈이 정신 이상의 묘한 행동을 하는 것처럼 보이지만 실은 우리 모두의 고향인 하늘로부터 신성한 증언을 가져오고 있는 것이라고. 그렇잖으면 그놈이 그것을 어디서 배웠겠어? 다시 한 번 들어 볼까?"

핍이 다시 말을 했다. 그러나 이번에는 상당히 거친 말투였다.

"두 줄로 서라! 퀴퀘그를 대장으로 삼자! 이봐! 그의 작살은 어디 있지? 여기에 가로로 놓아라. 리그 아 디그, 디그, 디그! 만세! 그의 머리 위에 싸움닭을 앉혀서 울게 하라! 퀴퀘그는 투사로서 죽는다! 알아들었나! 퀴퀘그는 투사였다! 잊어서는 안 돼. 퀴퀘그는 투사로서 죽는다! 핍은 도망쳤다! 다들 들어 봐! 만일 핍을 찾거든 앤틸리스의 섬사람에게 그놈은 도망친 놈이라고 알려 줘! 비겁한 놈, 또 포경 보트에서 바다에 뛰어 들어간 놈이라고 말해라! 나는 더러운 핍을 위해서 탬버린은 치지 않겠다. 그놈이 다시 한 번 여기서 죽는다 하더라도 대장이라고는 부르지 않겠어. 절대로, 절대로! 비겁한 놈에겐 창피를 주어라."

그동안 내내 퀴퀘그는 꿈속에 잠긴 사람처럼 두 눈을 감고 누워 있었다.

핍이 끌려 나가자 퀴퀘그는 해먹(튼튼한 끈으로 엮은 그물침대)으로 옮겨졌다.

그런데 죽음에 대한 만반의 준비가 끝나고, 관도 자기 마음에 드는 것임을 알았을 때 퀴퀘그는 갑자기 회복이 되었다.

얼마 뒤, 목수가 만든 관은 필요 없게 되었다. 모두들 신기하게 퀴퀘그를 바라보았다.

"오, 회복을 해서 다행이야."

그때 퀴퀘그가 조용히 말했다.

"내 목숨이 끊어지려고 할 때, 문득 고향에 남겨 두고 온 일을 생각했네. 나는 아직 죽어서는 안 돼. 그래서 죽을 결심을 바꿨다네. 나는 아직 죽을 수 없어. 이렇게 생각하자 병이 물러갔네."

그러나 모두들 죽고 사는 일은 자신의 의지나 기분으로 할 수 있는 일이 아니라고 말했다.

"신이라면 모를까 사람이 어떻게 자신의 의지로 죽고 사는 일을 결정할 수 있겠나?"

"그러게 말이야. 우리 인간의 의지로는 불가능해."

그러자 퀴퀘그가 이렇게 대답했다.

"그렇다네. 만약 사람이 살기를 결심했다면, 고래나 태풍, 그 밖에 인간의 힘으로 어쩔 수 없는 파괴자의 손에 의한 것이라면 몰라도 그깟 병 정도로는 죽지 않는다네."

모두 이 말을 듣고 미개인과 문명인의 차이를 생각했다.

퀴퀘그는 순식간에 기력을 회복하고 며칠 동안 아무것도 하는 일 없이 마루 위에 앉아 있었다. 그러다가 갑자기 일어서더니 팔과 다리를 뻗어 기지개를 켜고 하품을 했다. 그런 다음 매달린 보트에 뛰어올라가 작살을 겨누며 언제든지 싸울 수 있다고 큰 소리로 외쳤다.

퀴퀘그는 완전히 회복되었다. 그리고 자기를 위해 만든 관은 자기의 옷장(궤짝)으로 쓰겠다고 했다.

그는 부대 안에 있던 옷들을 관에 넣고 깨끗이 정돈했다. 그리고 궤짝 뚜껑에다 자기 얼굴에 있는 문신처럼 무늬를 새겼다.

우리 배는 바시섬 옆을 미끄러지듯이 빠져나가 남태평양으로 나왔다.

만일 다른 일에 마음을 빼앗기지 않았더라면 나는 이 동경하던 태평양에 무한한 감사의 마음을 품고 인사를 보냈을 것이다. 이제야말로 내 젊음의 오랜 소망이 이루어져서 바다의 잔잔한 물결이 교향곡처럼 들려오는 것 같았다.

에이허브 선장은 여느 때처럼 돛대 옆에 강철 조각처럼 서 있었다. 바시섬에서 풍겨 오는 사탕과 같은 달콤한 향내를 맡으면서 깊은 시름에 빠진 듯했다. 아마도 에이허브 선장은 그 증오스러운 모비 딕을 생각하고 있는지도 모를 일이었다.

마침내 거의 마지막 해역에 들어서서 일본의 항해 지역을 향해 달릴 때, 에이허브 선장의 결의는 더욱 굳어졌다.

대장장이 퍼스는 머지않아 분주한 작업이 시작되리라는 것을 느꼈다.

퍼스는 고래 뼈로 된 에이허브 선장의 다리를 수리하고 난 뒤에도, 가지고 다닐 수 있는 화덕을 선창으로 가져가지 않고 그대로 갑판의 앞 돛대 옆에 있는 고리 달린 볼트에 잡아매 놓았다.

그때는 거의 쉴 새 없이 보트장이나 작살잡이, 뱃머리 노잡이들로부터 그들이 사용하는 갖가지 무기와 보트 도구를 수리해 달라는 부탁을 받았다. 그러나 그는 이제 그런 부탁에는 아랑곳하지 않고, 천천히 참을성 있게 망치를 휘둘렀다. 성깔도 부리지 않고 그냥 덤덤하게 일만 했다.

이 대장장이에게도 고통스러운 과거가 있었다. 그는 지금 60세쯤 된 노인이지만, 이 이야기는 그가 젊을 때의 일이다.

어느 겨울날 밤, 이 대장장이는 시골길을 걷다가, 온몸이 얼어서 감각이 없어져 가는 것을 느꼈다고 한다. 그 결과 그는 양쪽 발가락을 잃어버리게 되었다. 지금도 이 늙은이의 걸음걸이는 정상이 아니다.

그 사이, 피쿼드 호는 일본 해역의 중심지로 깊숙이 들어갔다. 이 지역은 고래가 많이 나타나는 지역이지만 웬일인지 잠잠하기만 했다. 한 시간 동안이나 고래가 떠오르기를 숨죽여 기다리기도 했다. 하지만 그만한 노력의 대가가 없었다.

페들러의 꿈 해석

피쿼드 호는 이제 모비 딕이 발견될지도 모르는 곳에 가까이 와 있었다. 일본 고래잡이 영역에 접근하고 있는 것이었다.

바다는 조용하고 잔잔했다.

사람들은 밤중이면 마치 죽어 가는 사람들의 울부짖음 같은 섬 뜩한 곡소리(울음)를 들으며 불안에 떨었다.

대부분의 선원들은 그것이 인어 소리라며 부르르 떨었다. 그러 나 작살잡이들은 전혀 두려워하지 않았다. 가장 늙은 선원은 그 소름 끼치는 소리가 새로 바다에 빠진 사람들 소리라고 단언했다.

지금 이 순간에도 바다의 어딘가에서는 그 무시무시한 모비 딕 이 틀림없이 헤엄치고 있을 것이다.

드디어 마지막 해안으로 들어섰다.

일본 어장으로 들어선 에이허브 선장의 얼굴은 더욱더 굳어졌다. 그의 입술은 꽉 다물려 있고, 이마의 핏줄은 넘치는 개울처럼 부풀어 올라, 깊은 잠 속에서도 그 외침이 배 전체에 울려 퍼지는 것 같았다.

그러던 어느 날 아침, 망을 보던 한 선원이 돛대 꼭대기에서 갑판 위로 떨어졌다.

우리는 그를 구하기 위해 급히 달려갔는데, 그 사이에 그는 이미 바다로 떨어지고 말았다.

우리는 재빨리 구명 부표를 그에게 던졌다. 그러나 어찌 된 일인지 구명 부표의 효력도 없이 그는 바다 밑으로 자꾸 가라앉았다. 구명 부표 역시 물에 빠진 선원의 뒤를 따라 바닷속으로 가라앉고 말았다.

우리 모두는 엄습해 오는 악운에 떨며 공포에 사로잡혔다.

스타벅에게 잃어버린 구명 부표를 보충하라는 명령이 떨어졌다. 그러나 구명 부표로 쓸 만한 가벼운 통을 찾기가 쉽지 않았다.

퀴퀘그는 그 순간, 자기를 위해 만들었던 궤짝이 혹시 구명 부표로 쓰일지도 모르겠다고 제안했다.

"내가 들어갈 뻔했던 카누(궤짝)를 구명 부표로 한번 써 봅시다."

"허허! 관으로 만든 구명 부표도 다 있나?"

스타벅은 얼굴에 쓴웃음을 지으며 말했다.

"안 될까?"

"그 밖에는 별 뾰족한 수가 없잖소?"

스타벅은 그제야 목수를 황급히 불렀다.

"목수 양반! 이 카누를 구명 부표로 만드시오."

그런 일이 있은 지 며칠 뒤에 에이허브 선장은 기분 나쁜 꿈을 꾸었다. 선장이 죽어서 큰 영구차가 그의 시체를 운구하러 왔다는 것이다. 그는 페들러에게 이 꿈에 대해 이야기했다.

"이 늙은 양반아, 당신은 영구차도 관도 갖지 못할 거라고 내가 말하지 않았소."

페들러가 웃으며 말했다.

그러자 에이허브 선장도 따라 웃었다.

"그렇지, 바다에서 죽은 자에겐 영구차가 있을 리 없지."

"그러나 당신은 죽기 전에 영구차 두 대를 보게 될 것이오."

이번엔 페들러가 이렇게 말했다. 그러고는 말을 계속 이었다.

"첫 번째 것은 인간의 손으로 만들어진 것이 아니지만 두 번째 것은 아메리카에서 자란 나무로 만든 것이오."

"당신은 내가 모비 딕을 죽이고도 살아남을 수 있을 거라고 말하고 있는 건가?"

에이허브 선장이 힘주어 묻자 페들러가 말했다.

"당신을 죽이는 데는 밧줄 하나면 족하오."

에이허브 선장은 이해할 수 없다는 표정을 지었다.

피곤에 지친 늙은 에이허브 선장은 파도를 바라보며 배의 난간에 기대어 서 있었다.

바람도 잔잔하고 하늘도 고요했다. 온화하고 푸른 초원에서 나는 향기처럼 싱그러운 공기였다.

에이허브 선장의 얼굴에는 주름이 가득했다. 그의 눈은 훨훨 타는 석탄처럼 달아올랐다. 그는 바다에서 보냈던 지난 40여 년을 회상하는 듯했다. 그는 가족과 친척들을 떠나서 지금까지 고되고 뼈아픈 세월을 보내 왔다. 그의 눈에 눈물이 고였다.

스타벅은 저만치서 선장의 모습을 지켜보고 있었다. 그러고는 가까이 와서는 선장에게 위로의 말을 건넸다.

"우리의 훌륭하신 에이허브 선장님, 그만 집으로 돌아가는 게 어떨까요?"

선장은 대답이 없었다.

"우리가 그토록 증오하는 모비 딕을 계속 찾아야 할 이유가 없잖습니까? 그 괴물에게 희생된 선원이 얼마나 많습니까?”

스타벅은 계속 말을 이었다.

“우리가 집을 떠나 항해를 하는 동안 우리의 아내와 아이들이 어떻게 생활했을지 생각해 보세요. 제발 이제 그만 뱃머리를 돌려 돌아갑시다.”

그러나 선장은 침통한 얼굴로 단호하게 거절했다.

“안 돼!”

에이허브 선장은 그의 특징인 양미간을 찌푸리며 다시 한 번 힘주어 말했다.

“비록 각자의 마음이 내키지 않는다 해도 우리는 꼭 해야 돼!”

모비 딕을 봤다는 첫 소식

늦은 밤까지 태풍이 심하게 몰아치더니 사나운 물결이 피쿼드 호를 삼킬 듯 내리쳤다.

저녁때부터 검게 물든 하늘과 바다는 천둥 소리로 가득 찼다. 바람은 계속 불어 태풍 때문에 돛이 여러 개 찢겨 나갔다. 번개가 칠 때마다 스타벅은 배가 부서지지 않을까, 걱정하며 돛대 꼭대기를 쳐다보곤 했다.

한편 스터브와 플라스크는 선원들을 지휘하여 보트를 보다 높게 매달고 더 단단히 묶게 했다. 그러나 순식간에 이런 일들은 모두 허사가 되었다.

계속 번개가 치는가 하면 정신 없이 귀가 아플 정도로 요란스레

우레가 쳤다.

성난 파도가 지나간 뒤에 보트를 살펴보니 보트 바닥은 엉망으로 부서져 있었다.

그때, 스터브가 파손된 보트를 보면서 슬픈 목소리로 외쳤다.

"어쩔 수 없지. 바다가 하는 짓이니! 파도가 높이, 그리고 세계를 한 바퀴 돌 만큼 재빠르게 밀어닥치니 어찌하겠나. 옛날 노래에도 있지 않은가?"

쾌활한 폭풍이다.

장난치는 고래다.

꼬리는 세차구나.

익살스럽고 활발하고

기운차게 장난치는

춤추는 장난꾸러기여,

오오, 바다여!

구름은 날아간다.

거품 이는 술인가.

구름이 휘젓는다.

익살스럽고 활발하고

기운차게 장난치는

춤추는 장난꾸러기여,

오오, 바다여!

벼락이 배를 깼다.

입맛을 다셨구나.

맛있는 술이구나.

익살스럽고 활발하고

기운차게 장난치는

춤추는 장난꾸러기여,

오오, 바다여!

이때, 스타벅이 소리를 질렀다.

"노래하는 것은 태풍만으로도 충분해, 용감하다면 잠자코 있어,
제발."

그러자 스터브가 말했다.

"나는 용감하지 않아요. 나는 겁쟁이예요, 그래서 기운을 내려

고 노래를 부르는 거예요. 이 세상에서 아무도 내 노래를 멈추게
할 수는 없어요. 내 목을 자른다면 몰라도요."

"이봐!"

스타벅은 스터브의 어깨를 움켜쥐고 외쳤다.

"스터브, 우리는 이 폭풍을 순풍 삼아 고향으로 돌아갈 수도 있
어. 하지만 바람이 불어오는 곳은 파멸이 있을 뿐이야. 바람이 불
어 가는 곳에는 고향의 불빛이 빛나고 있어. 번갯불이 아닌 빛 말
이야!"

바로 그때, 어둠 속에서 에이허브 선장이 지르는 외마디 비명이
들려왔다.

모두 돛대 위를 쳐다보았다.

돛대 맨 꼭대기 세 군데에서 불길이 보였다.

"오, 하느님!"

스터브가 말했다.

"아! 그렇지, 그렇고말고."

에이허브 선장이 외마디 소리를 지르면서 말을 이었다.

"이 징조를 보면서 잘들 기억해 두게. 저 흰 불꽃은 흰 고래를 뜻
하는 걸세. 즉 모비 딕에게로 가는 길을 비추고 있는 거야!"

그때 스타벅이 에이허브 선장의 고래잡이 보트에 있는 작살을 가리켰다.

에이허브 선장이 작살을 잡고 힘껏 쏘아 올리려고 하자, 스타벅은 재빨리 에이허브 선장의 팔을 낚아챘다.

"안 돼요! 이것은 불운의 징조입니다. 이제 불행이 시작된 것이고, 또 앞으로 불행이 계속될 것입니다. 제발 돛을 바로잡고 고향으로 가도록 허락해 주십시오. 마침 바람도 고향으로 향하고 있습니다."

그러나 에이허브 선장은 그의 간청을 무시해 버렸다.

작살을 손에 쥔 에이허브 선장은 선원들에게 큰 소리로 외쳤다.

"흰 고래를 사냥하겠다는 것은 우리 모두의 소원이오. 이제 어떤 공포도 버리고 나를 따르시오."

에이허브 선장은 마음과 정신, 그리고 목숨까지도 버릴 각오가 되어 있는 것처럼 보였다.

에이허브 선장은 돛을 늦추라고 명령했다.

우리는 다시 폭풍 속을 뚫고 미지의 운명 속으로 방향을 틀었다.

'혹시 선장한테 악마의 세력이 덧씌워진 것은 아닐까?'

우리는 모두 이런 생각을 하면서 불안을 떨칠 수가 없었다.

자연까지도 에이허브 선장에게 대항하고 있는 듯했다.

자정이 지나면서 태풍은 눈에 띄게 약해졌다.

선원들은 너덜너덜해진 돛을 접고 날씨가 사나울 때 쓰는 돛에 의지해 다시 힘차게 바다 위를 달렸다.

여러 배 중에서 피쿼드 호와 가장 가까운 위치에 있는 배는 사무엘 엔더비 호와 라첼 호였다.

사무엘 엔더비 호는 영국 국기를 달고 있었다. 그 배의 키 큰 사무엘 선장은 몇 달 동안 바다에서 그을린 얼굴로 갑판 위에 버티듯 서 있었다.

그의 한 팔은 푸른 재킷 옆으로 축 늘어져 있었는데, 한쪽 팔을 잃은 것 같았다. 그 옷은 독특한 꽃 장식을 해 놓은 듯이 그의 몸을 감싸고 있었다. 그리고 팔 없는 쪽의 소매는 마치 경기병의 화려한 겉옷 소매처럼 바람에 나부껴 뒤로 젖혀져 있었다.

"이봐요! 흰 고래를 보았소?"

에이허브 선장이 영국 배의 선장에게 물었다.

"이걸 보시오."

사무엘 선장은 고래 뼈로 만든 그의 의수를 들고서 말했다.

"보긴 했소만, 내가 머리와 혹이 하얀 큰 고래를 잡으려다가 그만 작살에 팔이 찢겨 한쪽 팔을 잃고 말았소. 그놈이 기가 막힌 속도로 달아나 버렸거든."

"옳아, 바로 모비 딕이 틀림없어!"

에이허브 선장이 흥분하여 말했다.

그러고는 다시 다그쳐 물었다.

"당신은 그 흰 고래를 다시 찾아보려고 시도는 했소?"

"당신은 내가 미쳤다고 생각하오? 난 이미 팔 하나를 잃었소. 그

런데 또 그놈을 잡으려 하겠소?"

"그놈이 어느 방향으로 갔소?"

에이허브 선장은 다짜고짜 모비 딕의 행방을 물었다. 지금 당장이라도 모비 딕을 추격할 기세였다.

"동쪽으로 갔소."

선장이 대꾸하자 에이허브 선장은 곧 명령을 내렸다.

"보트 내릴 준비를 하라!"

이내 에이허브 선장과 노잡이들은 보트에 탄 채로 바다 위로 내려지고 곧 낯선 영국 배의 뱃전에 닿았다.

에이허브 선장은 한쪽 다리를 잃은 뒤로는 바다에서 다른 배에 오른 적이 없었다. 왜냐하면 피쿼드 호에는 불편한 다리를 위한 장치들을 해 놓았지만, 다른 배들은 그렇지 않았기 때문이다.

그런데 지금은 너무나 흥분한 탓에 그 사실을 까맣게 잊은 것이다. 바다 위의 보트에서 배의 뱃전에 기어오르는 것은 고래잡이처럼 익숙한 사람이 아니면 매우 어려운 일인데 말이다. 더구나 영국 배에는 에이허브 선장을 위한 특별 장치가 전혀 없었으므로 더욱 불가능한 일이었다.

잠시 뒤 에이허브 선장은 도저히 배에 올라갈 수 없으리라는 생각이 들어서인지 배 위를 절망적으로 바라보았다.

그 순간, 영국 배의 선장이 이 상황을 재빨리 눈치채고 이렇게 외쳤다.

"자, 서둘러 고패(물건을 높은 곳에 올렸다 내렸다 하는 도르래나 고리)를 내려라!"

즉시 에이허브 선장 앞으로 고패가 내려졌다.

에이허브 선장은 한쪽 다리를 갈고리처럼 구부러진 부분에 넣고는 서서히 영국 배 갑판에 올랐다.

영국 배의 선장은 부끄러워하지도 않고 그의 고래 뼈 팔을 스스럼없이 내밀며 다가왔다.

에이허브 선장은 고래 뼈 다리를 내밀어 고래 뼈 팔과 서로 엇갈리게 걸면서 외쳤다.

"아아, 유쾌하군. 뼈끼리 악수하세. 팔과 다리지만 구부릴 수 없는 팔, 그리고 달릴 수 없는 다리. 자, 모비 딕을 어디서 보았는지 자세히 말 좀 해 주게."

그러자 영국 배의 선장은 고래 뼈로 된 팔로 동쪽을 가리키고는 그곳으로 매우 분한 눈길을 보내며 말했다.

"저쪽 적도에서 보았소."

"놈이 당신의 팔을 빼앗아 갔단 말이지?"

"그렇소. 그럼 당신 다리도?"

"그렇소. 도대체 어떻게 된 것인지 말해 보시오."

"으음, 우리는 난생 처음 적도를 향해 가고 있었소. 모비 딕에 관해서는 아무것도 몰랐지. 그런데 어느 날, 보트를 타고 고래 너댓 마리를 추격하다가 선원 한 명이 그중의 한 놈에게 작살을 던졌소. 그런데 작살을 맞은 그놈은 마치 기운이 센 곡마단의 말 같은 놈이라, 우리를 이리저리 끌고 다녔다오. 우리들은 그 순간, 뱃전에 주저앉아 균형을 잡는 것이 고작이었소. 그때 갑자기 바다 밑에서 굉장한 기세로 큰 고래가 튀어나왔소. 그놈의 머리와 혹은 우윳빛처럼 하얗고, 온몸은 주름투성이였다오."

"바로 그놈이오. 모비 딕이 틀림없소!"

에이허브 선장은 지금까지 숨을 죽이고 듣고 있다가 흥분한 목소리로 외쳤다.

"오른쪽 지느러미 부근에는 작살이 몇 개 꽂혀 있었소."

"아하! 그것은 바로 내가 꽂은 것이오. 내 작살이란 말이오."

에이허브 선장의 흥분은 쉬 가라앉지 않았다.

영국 배의 선장은 웃으면서 이야기를 계속했다.

"그런데 그 하얀 머리에 하얀 혹을 가진 늙은 고래가 사방에 거품을 일으키더니 우리가 쫓던 고래 떼 속으로 뛰어 들어오는 게 아니겠소. 그리고는 무섭게 날뛰며 내 밧줄을 물어뜯었다오."

"그래, 알겠소. 그놈은 작살에 박힌 밧줄을 풀려고 그런 것이오. 그놈이 늘 하던 짓이기 때문에 알고 있지."

"어떻게 했는지는 알 수 없지만 아무튼 그놈이 밧줄을 물어뜯자 밧줄이 놈의 이빨에 걸려서 얽혔던 모양이오. 그러나 우리는 그때 그 사실을 눈치채지 못했소. 그래서 나중에야 밧줄을 당겼는데, 그 순간 놈의 혹에 부딪혀야 할 고래가 꼬리를 흔들며 바람이 불어오는 쪽으로 달아나 버리고 만 것이오. 참, 우리 일등 항해사를 소개하겠소."

영국 배의 선장은 말끝에 옆에 서 있던 한 사나이를 가리키며 소개를 했다.

"이 사람이 마운트톱이오. 어서 선장님께 인사하게나."

인사를 나눈 뒤 이야기는 계속되었다.

"그때 나는 마운트톱의 보트가 내 보트와 가까이 있었기 때문에 거기에 옮겨 타고 닥치는 대로 작살을 들어 그놈에게 던졌소. 그런데 한순간 난 장님이 된 것처럼 아무것도 볼 수 없게 되었다오. 시커먼 물거품이 눈앞에 자욱하고 그 속에 고래의 꼬리가 대리석 첨탑처럼 솟아올라 있는 것만 보였소. 그래도 나는 손으로 더듬거려 작살을 잡으면 던지리라 생각하고 있었는데, 고래의 꼬리가 순식간에 덮쳐 와서 내 보트를 산산이 부수어 놓았소. 처음에는 꼬리가, 그 다음에는 하얀 혹이, 배의 파편들 사이를 헤집고 나갔소. 우리는 전멸했지. 나는 무시무시한 놈의 공격을 피해서 놈에게 꽂혀 있던 나의 작살 자루를 움켜쥐고 딱 달라붙어 있었는데, 그때 그놈이 앞으로 확 밀고 나오면서 번개처럼 물속으로 들어갔소. 더욱더 분한 것은 두 번째 작살의 칼날이 내 팔에 내리꽂히면서 내 팔을 찢고 말았다는 것이오. 그때 나는 마치 지옥의 불속에 끌려 들어간 것 같았소.”

“그럼, 모비 딕은 어찌 되었소?”

“결국 모비 딕은 물속으로 들어가더니 더는 모습을 나타내지 않았소.”

“그 뒤엔 모비 딕을 만나지 못했단 말이오?”

에이허브 선장이 마른침을 삼키며 물었다.

“봤소. 한두 번⋯⋯.”

“작살을 던지지 않았소?”

“그렇게는 하고 싶지도 않았소. 그러다가 남은 팔마저 잃으면 어쩌려고. 모비 딕은 그대로 두는 게 좋다고 생각했소.”

영국 배의 선장이 고개를 절레절레 저으며 말했다.

“그렇지만 추격해야 하오. 모비 딕을 본 지 얼마나 지났소? 어디로 간 것 같소?”

그러자 영국 배의 선장은 놀랍다는 듯 코를 벌름거리며 말했다.

"당신의 피는 아직도 들끓고 있군!"

"자, 모두들 돌아가자!"

에이허브 선장은 선원들에게 보트를 타라고 명령했다.

에이허브 선장은 보트에 몸을 옮기자마자 뒤도 돌아보지 않고 곧장 피쿼드 호로 돌아왔다.

너무 황급히 돌아오는 바람에 에이허브 선장의 고래 뼈 다리가 그만 상처를 입었다.

그는 즉시 목수를 불렀다.

"새로운 다리를 만들어 주게!"

목수는 여태껏 모아 두었던 고래 뼈를 가져오게 한 뒤, 가장 튼튼하고 질 좋은 재료를 골라 의족을 만들었다. 부속품도 새것으로 바꾸었다.

피쿼드 호의 목수는 다른 배의 목수와 같이 배 안에서 해야 할 여러 가지 일들을 잘 알고 있었다. 구멍이 뚫린 보트며, 부러진 돛의 활대, 갑판에 둥근 창문을 만드는 일, 뱃전에 나무못을 박는 일 등 주저할 것 없이 날쌔게 해치워야 했다.

"망할 놈의 뼈! 부드러운가 싶으면 단단하고, 단단한가 하면 연하군그래. 어디 다른 것 없나?"

목수는 에이허브 선장의 다리 만드는 작업을 하며 연거푸 재채기를 했다.

그때 에이허브 선장이 선실에서 나와 목수에게 말을 건넸다.

"이봐, 목수 영감."

"아이구, 마침 잘 오셨습니다. 선장님, 죄송하지만 길이를 알고 싶습니다."

"다리 길이 말인가? 처음도 아닐 텐데, 어서 재 보게."

목수가 다리를 재고 있을 때, 에이허브 선장이 물었다.

"저 대장장이는 지금 무엇을 하고 있는 건가?"

"지금 조임 나사못을 불에 달구고 있습니다."

"굉장한 불이군."

"선장님, 이런 정교한 것을 달구는 데는 원래 높은 열이 필요합니다."

"음, 그렇겠지. 이제야 알 것 같군. 옛날 그리스 이야기에 나오는 프로메테우스라는 대장장이가 불로 사람에게 생기를 불어넣어 주었다는 말을 말이야. 그런데 목수! 그을음이 너무 심하지 않나? 이건 프로메테우스가 아프리카 검둥이를 만들고 남은 찌꺼기 같군그래."

또 목수가 재채기를 하자, 선장이 물었다.

"왜 자꾸 재채기를 하는 건가?"

"선장님 뼈에서 먼지가 많이 납니다."

"어허, 그렇군. 그런데 다리는 언제쯤 되겠나?"

"한 시간 정도면 됩니다."

목수는 곧 일을 시작하여 에이허브 선장의 새 다리를 완성시켜 놓았다.

라첼 호의 호소

다음 날, 커다란 배가 피쿼드 호를 향해서 달려오는 것이 보였다. 가까이 다가왔을 때 보니 바로 라첼 호였다.

라첼 호는 바람이 불어오는 쪽에서 쏜살같이 달려왔다.

피쿼드 호의 선원들은 곧 수군거리기 시작했다.

"틀림없이 나쁜 소식을 가져왔을 거야!"

"그렇잖으면 이렇게 바삐 올 리가 없잖아?"

그런데 그 배의 선장이 손나팔을 하고 말하려는 순간, 에이허브 선장이 더 참지 못하고 성급하게 물었다.

"모비 딕을 보았소?"

"암, 봤고말고요, 바로 어제. 그런데 혹시 이 부근에서 공격하던 보트가 표류하는 것을 못 보았소?"

그러면서 그 배의 선장이 황급히 피쿼드 호의 갑판에 올랐다.

피쿼드 호의 선원들은 그가 바로 낯익은 낸터킷 사람인 가디너 선장임을 알아챘다.

"어디 있었소? 살아 있었구려! 어떻게 지냈소?"

에이허브 선장이 반갑게 맞자 가디너 선장은 모비 딕을 만나 보트를 잃은 이야기를 자세히 들려주었다.

에이허브 선장은 몸이 달았다.

"모비 딕을 잡지 못했단 말이오?"

"에이허브 선장, 제발 내 말부터 들어주시오."

그것은 자기 배의 수색에 협력해 달라는 것이었다. 즉 배 두 척이 나란히 달리면 행방불명된 보트를 찾아낼 수 있을 것이라는 내용이었다.

"그 보트에는 내 아들이 탔단 말이오."

가디너 선장이 목이 메어 호소했다.

"48시간 만이라도 당신 배를 빌려주시오. 보수는 충분히 드리겠소. 부디, 제발 부탁이오."

피쿼드 호의 선원들은 궁금한 표정으로 일손을 멈추었다.

"아들이 행방불명되었다고?"

스터브가 말했다.

"아들을 잃었다는데 이 이야기를 들은 에이허브 선장은 뭐라고 말할까?"

선원들이 궁금해하는데 이런 소리가 들려왔다.

"가디너 선장, 나는 거절하겠소. 난 지금 이 순간도 시간 낭비를 하는 것 같다오. 그러니 어서 내 배에서 내려 주시오."

에이허브 선장이 냉정히 거절하자 가디너 선장은 아연실색해서 고개를 떨구었다.

에이허브 선장은 이렇게 말했다.

"스타벅, 나침반 함의 시계를 보게! 지금부터 3분 이내로 손님들이 하선하도록 경고하게. 그리고 활대를 전진 방향으로 돌리고, 지금까지의 진로대로 계속 나가게."

"……."

그 순간부터 에이허브 선장은 갑판을 절대로 떠나지 않았다. 그의 천적 모비 딕이 나타나기만을 밤을 꼬박 새우며 기다렸다. 이윽고 새벽녘의 희미한 빛이 보이기 시작하자, 에이허브 선장이 소리를 질렀다.

"돛대 위에서 망을 보라! 무엇이 안 보이는가? 눈을 크게 뜨고 감시하라!"

그렇지만 그로부터 우리는 여러 날 동안 바다에서 아무것도 보지 못했다. 아들을 찾는 라첼 호를 만난 지 3, 4일이 지났는데도 고래가 내뿜는 물줄기 하나 보지 못했다.

모비 딕 추격, 첫째 날

바로 이때 침묵을 깨뜨리는 큰 외침이 들렸다.

"저기 나타났다! 모비 딕이 나타났다!"

모비 딕을 발견한 에이허브 선장이 소리를 질렀다.

"하얀 눈으로 덮인 산 같은 혹, 분명 흰 고래가 맞다!"

에이허브 선장은 흥분을 가라앉히지 못했다.

선원들은 온 세상을 헤매며 찾아다녔던, 그토록 유명한 고래를 보기 위해 서둘러 장비를 갖추었다.

모비 딕은 1킬로미터가 넘게 떨어져 있었지만 혹등과 은빛 숨구멍은 정확하게 보였다.

"나보다 더 빨리 모비 딕을 본 사람이 있으면 어디 나와 봐."

에이허브 선장이 뽐내면서 말했다.

"선장님과 동시에 봤는걸요."

태슈테고가 말하자 에이허브 선장이 의심스럽다는 듯 말했다.

"아니, 그럴 리가……. 행운은 내게 온 거야. 운명이 내게 행운을 예정해 놓은 거라고. 너희 중 나보다 저 흰 고래를 먼저 본 사람은 없어, 아암."

"……."

모두는 침묵을 지킬 수밖에 없었다.

잠시 뒤 스타벅의 보트와 다른 보트들이 배에서 내려졌다. 그리고 큰 배는 돛을 내렸다.

보트들은 천천히 흰 고래를 향해 노를 저어 갔다.

바다는 이상하리 만큼 고요했다.

갈매기들만이 에이허브 선장의 보트를 향해 날고 있었다. 갈매기들은 주위를 맴돌며 울어 댔다. 에이허브 선장은 바다 표면만을 볼 뿐이었다.

드디어 에이허브 선장이 물속을 들여다보았다.

그 순간, 물 밑에서 하얀 물체가 솟아오르는 것이 보였다. 그 물체는 솟아오르며 점점 커졌다. 그러더니 갑자기 길고 구부러진 이빨 두 개를 드러내 보이며 물 표면을 뚫고 나오기 시작했다.

그것은 바로 모비 딕의 딱 벌어진 주둥이였다.

흰 고래는 마치 고양이가 쥐를 잡아 흔들 듯 보트를 흔들어 댔다.

에이허브 선장은 순간 맨손으로 그 큰 대가리를 잡으려고 했지만 보트가 기울어지는 바람에 그만 배가 물에 잠기고 말았다.

모비 딕은 거대한 창 같은 이빨로 보트를 물어뜯었고, 보트는 그대로 완전히 두 동강이 났다.

선원들은 피쿼드 호로 간신히 헤엄쳐 갔고, 고래는 모습을 감춰 버렸다.

모비 딕 추격, 둘째 날

그렇게 고래 추격의 첫째 날은 끝이 났다.

둘째 날 새벽녘, 돛대 꼭대기를 지키는 당번이 새로운 선원으로 교대되었다.

"보이는가?"

에이허브 선장이 몸이 달아 물어보았다.

"아무것도 안 보입니다."

"생각보다 빨리 달리는군."

에이허브 선장은 모든 것을 알고 있는 듯했다. 아무것도 보이지 않지만 모비 딕이 지금 어디쯤 달리고 있는지 짐작하고 있다는 말투였다.

"모든 선원을 깨워서 돛을 올려라! 제까짓 게 가면 얼마나 갔겠는가?"

에이허브 선장은 낸터킷 출신의 선장들 중에서도 놀라운 기량과 체험에서 오는 지식, 불굴의 정신을 갖고 있었다. 또 아주 대담하기도 했다.

그는 고래를 마지막 보았을 때의 관측으로 고래가 어느 속도로 달리고 있는지, 또 어느 방향으로 가고 있는지를 대충 알아냈다. 다시 말해, 낮에 몇 시간을 끊임없이 눈을 떼지 않고 추격하면, 어둠 속에서도 그놈을 찾아낼 수 있다는 이야기였다. 배는 물결을 헤치고 앞으로 나아갔다.

그때 돛대 위에서 이런 소리가 들려왔다.

"물을 뿜는다! 바로 저기야!"

"알았네, 알았어!"

스터브가 소리쳤다.

"나는 알고 있었다. 뿜어라, 이놈! 미친 귀신이 너를 쫓고 있다는 것을 알아라!"

에이허브 선장은 굳은 결심을 한 듯 그곳을 노려보며 말했다.

몇 분이 지났다.

"놈이 보였다면서 왜 잠자코 있는 건가?"

에이허브 선장은 이렇게 외치면서 초조함을 감추지 못했다.

"안 되겠어. 내가 직접 올라가 봐야겠어!"

그들은 선장을 매달아 올렸다.

'너희들이 속은 거야. 모비 딕은 그처럼 물을 한 번만 뿜고 사라질 리 없어.'

이렇게 생각하면서 에이허브 선장은 직접 확인을 하려고 했다. 그것은 사실이었다. 그들은 너무 열중한 나머지 다른 것을 고래가 물 뿜는 것으로 착각한 것이었다.

선원들은 실망했다. 바로 그 순간 에이허브 선장의 외침이 다시 들렸다.

"바로 여기다!"

에이허브 선장이 손짓하는 곳을 보니 배에서 5백 미터도 안 되는 가까운 거리에 있었다.

선원들은 모비 딕이 이렇게 가까이 있다는 사실에 정신을 잃을 뻔했다.

망을 보던 선원들은 너무나 놀라 밧줄의 사닥다리는 보지도 않고, 뒤쪽에 있는 밧줄을 타고 미끄러져 내려왔다.

"보트를 내려라!"

에이허브 선장이 계속해서 외쳐 댔다.

"스타벅, 본선은 자네한테 맡기겠네. 보트에서 떨어져 있게. 하지만 너무 떨어져 있으면 안 되네."

모두 보트에 몸을 실었다.

모비 딕을 향해 노를 젓기 시작하자 바로 그 순간 모비 딕은 자기를 공격할 줄 알고 먼저 공격하기 위해 머리를 돌려 보트 쪽으로 다가왔다.

에이허브 선장은 선원들을 격려했다.

"이번에는 고래와 박치기를 해 보세!"

그 사이, 모비 딕도 입을 딱 벌리며 재빠르게 보트 사이로 들이닥쳤다. 모두들 놀라면서도 작살을 힘껏 던졌다.

모비 딕은 작살을 맞으면서도 꿈쩍하지 않고 오히려 보트를 공격했다. 그러나 보트 역시 모비 딕의 공격을 요령껏 피하면서 공격을 개시했다.

이리저리 피하면서 수많은 작살을 던졌다. 그래서 작살에 연결된 줄이 서로 뒤엉켰다.

에이허브 선장은 작살의 엉킨 밧줄을 간신히 피해 가며 보트용 칼로 저쪽에 있는 밧줄을 두 곳 잘라 냈다.

그러자 보트 사이를 가로막고 있던 작살과 창들이 바다로 떨어졌다. 이렇게 해서 보트는 간신히 위기를 면할 수 있었다.

그러나 그 순간에도 모비 딕은 얽혀 있는 다른 밧줄 속으로 뛰어들어갔다. 더욱 심하게 밧줄에 휘말려 들어간 스터브와 플라스크는 보트로는 모비 딕과 더 이상 대항할 수 없게 된 것을 알게 되었고, 모비 딕은 그 즉시, 거품이 이는 소용돌이를 남기며 자취를 감추고 말았다.

두 보트의 선원들은 밧줄 통은 물론, 무엇이든지 손에 잡히는 대로 붙잡으려고 애를 썼다.

이때 본선이 재빨리 달려와 산산조각이 난 보트를 헤치며 물 위에 떠 있는 선원들을 건져 냈다. 에이허브 선장도 구조했다.

이 일로 에이허브 선장은 고래 뼈 의족을 다시 잃게 되었다. 부러져서 없어진 것이다. 선원들은 깜짝 놀랐다.

다행히 구조된 선원들 중에 중상을 입은 사람은 없었다.

"쇠테(쇠로 만든 테)가 견디지 못했군요, 선장."

목수가 가까이 다가와서 말했다.

"그 다리는 정말 정성 들여 만들었는데……."

목수는 당장 다리 한쪽을 만들기 위해 목수실로 내려갔다.

이때 에이허브 선장이 위를 쳐다보며 말했다.

"이봐, 꼭대기에 있는 자들, 고래는 어느 쪽에 있는가?"

"바람이 불어 가는 쪽에 있는 듯합니다."

"그래? 그럼 키를 위쪽으로! 배에 남아 있는 자들은 다시 한 번 돛을 달아라! 나머지 예비 보트는 다 내려서 위장시키도록. 스타벅은 저쪽에 가서 보트에 탈 선원들을 모아 주게."

그러자 스타벅이 이렇게 대답했다.

"선장, 그보다 먼저 당신을 뱃전까지 모셔다 드리고 싶습니다."

세 척의 보트에 나누어 탄 선원들은, 에이허브 선장의 보트를 가운데에 둔 채 고래를 추격하기 시작했다.

얼마 가지 않아 모비 딕이 갑자기 방향을 바꾸었다. 그러더니 보트를 향해 곧장 다가오는 것이 아닌가.

에이허브 선장은 때맞춰 선원들에게 용기를 북돋워 주며 이제야 모비 딕을 정면으로 만나게 되었음을 알려 주었다.

바로 그 순간이었다. 모비 딕이 방향을 돌리더니 주둥이를 딱 벌린 채 꼬리로 물을 마구 치면서 보트로 달려들었다.

선원들은 너무나 갑작스러운 일이라 깜짝 놀랐다. 선원들은 곧 작살을 잡았으나 아무 보람도 없이 보트는 곧 산산조각이 나고 말았다. 선원들은 작살을 던질 겨를도 없었다. 그래도 다행히 보트에 탔던 선원들은 가까스로 위기에서 벗어날 수 있었다.

모비 딕은 더욱 기세가 등등하여 이빨로 보트를 물어뜯기 시작했다. 그 바람에 작살 밧줄이 뒤엉켜 엉망진창이 되고 말았다.

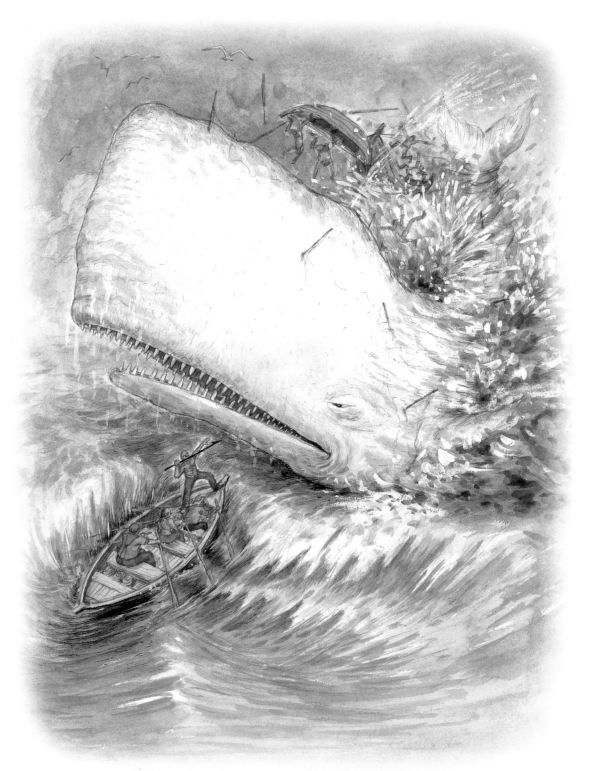

선원들은 간신히 헤엄을 쳐 피쿼드 호로 돌아왔다.

보트에 오른 선원들은 정신을 차리고 서로의 얼굴을 마주 보았다. 모두들 살아 있는지 확인하는 것 같았다.

그런데 그 순간, 에이허브 선장은 페들러가 보이지 않음을 알아차렸다. 그러자 스타벅이 떨면서 물었다.

"우리가 이 살인적인 괴물을 눈으로 직접 보고도 계속 추격해야 합니까?"

그는 여전히 근심 어린 표정으로 말을 이었다.

"이러다간 우리 모두 모비 딕의 희생물이 될 것입니다."

그러자 에이허브 선장이 소리쳤다.

"나는 계속할 걸세!"

그리고 힘주어 이를 악물더니 다시 말을 이었다.

"이건 내가 해야 할 운명이야. 내일이 모비 딕의 제삿날이 될 거네. 내 약속하지."

모비 딕 추격, 셋째 날

셋째 날 아침은 상쾌했다. 밤새 앞돛대 위에서 망을 보고 있던 선원은 낮 당번으로 교대되었다.

"보이는가?"

에이허브 선장이 몸이 달아 소리를 질렀으나 고래의 모습은 보이지 않았다.

"아무것도 안 보입니다, 선장!"

"그렇다면 방향을 돌리게!"

에이허브 선장의 명령에 따라 반대 방향으로 배를 돌렸다.

"우선 나를 끌어 올릴 준비부터 하라. 그놈은 절대 없어질 리가 없어."

이번에도 자신이 감시를 해야겠다고 마음먹은 것 같았다.

"네, 선장."

스타벅은 곧 에이허브 선장의 명령에 따랐고, 선장은 다시 한 번 공중에 매달렸다.

드디어 한 시간이 지나자 에이허브 선장은 바람 부는 쪽의 약 45도 방향에서 물을 뿜어내는 고래를 발견했다.

그 순간, 세 개의 돛대 꼭대기에서 세 사람이 동시에 외쳤다.

"모비 딕이다!"

선장이 가장 크게 외쳤다.

"돛을 달아라! 바람 부는 쪽으로 돌진해라!"

"스타벅, 나를 내려보내 주게."

이윽고 보트가 내려졌다.

선장은 보트를 타려다가 멈추어 서서 말했다.

"스타벅!"

"네?"

"내 영혼의 배가 드디어 세 번째 항해를 떠나는 것일세."

"선장은 그렇게 하지 않고는 못 배길 것입니다."

"배 중에는 항구를 떠난 뒤 영영 돌아오지 않은 배도 있다네."

"그렇지요, 선장. 참 슬픈 일이에요."

"어떤 자는 썰물에 죽고, 어떤 자는 물이 다 빠졌을 때, 또 어떤 자는 물이 넘쳐날 때 죽지. 나는 지금 부서지는 파도의 봉우리 위에 있는 느낌이 든다네. 스타벅, 나는 나이를 많이 먹었어. 자, 나와 악수나 한번 하세."

두 사람은 손을 굳게 잡고 서로를 쳐다보았다.

스타벅은 눈물을 글썽거렸다.

"오오, 선장님, 나의 선장님! 가지 마십시오. 보십시오, 이 용감한 남자가 울고 있지 않습니까? 제발, 선장님, 가지 마십시오."

"보트를 내려라!"

에이허브 선장은 스타벅의 부탁을 뿌리치면서 소리쳤다.

순식간에 보트는 뒷갑판 밑을 스칠 듯이 돌아서 나아가기 시작했다.

"상어다, 상어!"

선장실의 창문에서 들려왔다.

"선장님, 상어 떼가 옵니다. 돌아오세요!"

그러나 에이허브 선장의 귀에는 아무 소리도 들리지 않았다. 에이허브 선장이 탄 보트는 쏜살같이 달려갔다.

보트가 그다지 멀리 가지 않았을 때, 돛대 꼭대기에서 신호가 왔다. 아래쪽으로 팔을 내려 흔드는 것으로 보아 고래가 물속에 잠수했다는 표시였다.

갑자기 그들 주위의 수면 위로 커다란 원이 여러 개 그려지면서 천천히 부풀어 올랐다. 곧 물속에서 빙산만큼 큼직한 무언가가 떠올랐다.

"노를 저어라!"

에이허브 선장의 외침이 들렸다.

어제 작살에 찔려 날뛰던 모비 딕의 모습은 마치 미친 것처럼 보였다. 심하게 눈살을 찌푸리고 있었다.

곧 돌진해 온 모비 딕은 보트 세 척 사이에서 꼬리를 휘둘러 바닷물을 휘젓더니 배들을 흩어지게 했다. 이 때문에 두 항해사의 보트에서 작살과 창이 떨어졌고, 윗부분 한쪽에 구멍이 났다. 그러나 다행히도 에이허브 선장이 탄 보트만은 거의 상처를 입지 않았다.

에이허브 선장은 고래가 바다 밑으로 잠수한 것을 이내 알아차렸다. 주변의 물이 서서히 넓은 원을 그리며 부풀어 오르더니 재빨리 위로 치솟았기 때문이다.

에이허브 선장은 깊은 물속에서 들려오는 으르렁거리는 소리를 들었다.

피쿼드 호의 최후

모두 숨을 죽이고 있었다. 마치 운명의 순간이 오는 것을 기다리는 것처럼 보였다.

이윽고 모비 딕의 거대한 거품이 물 표면 위에 나타났다. 이번에는 모비 딕이 작살에 다친 상처의 아픔 때문인지 미쳐 날뛰며 그의 거대한 꼬리로 보트들을 더 난폭하게 휘저었다.

이 모습을 보고 선원들이 앗! 하는 순간, 보트 두 척은 금세 부서지고 말았다. 이번에도 에이허브 선장의 보트는 용케 피했다.

그때 갑자기 선원 한 사람이 소리를 질렀다.

"저길 봐요!"

자세히 보니 그것은 페들러의 시체였다. 페들러는 자신이 던진 작살 밧줄에 엉켜 목숨을 잃은 것이었다. 이것이 바로 페들러의 첫 번째 예언을 의미하는 것 같았다. 그는 '사람의 손으로 만들지 않은 영구차'라는 말을 한 적이 있었다.

에이허브 선장은 한숨을 내쉬고는 이내 일어나며 소리쳤다.

"고약한 모비 딕! 이제 세 번째야말로 너와 나의 대결이다. 어디 한번 해보자!"

에이허브 선장의 보트는 고래와 아주 가까이 있었다. 그렇기 때문에 금방이라도 고래의 숨구멍으로 빨려 들어갈 것만 같았다.

가까이 있던 모비 딕은 주춤거렸다. 그러나 에이허브 선장은 고래를 추격하기 위해 파도를 타면서 더 진격했다. 그런데 몰려든 상어 떼에 의해 노의 끝이 다 물어뜯겼다.

상어들 때문에 노를 못 쓰게 되자 에이허브 선장은 이렇게 소리쳤다.

"그만두고 노를 올려라!"

그러고는 손으로 보트를 젓기 시작했다.

에이허브 선장은 작살을 쥐고 뱃머리에 똑바로 섰다. 그러고는 쥐고 있던 작살을 힘주어 잡더니 모비 딕을 향해 힘껏 던졌다.

"오오, 에이허브 선장!"

스타벅이 부르짖었다.

"오늘이 사흘째입니다. 지금도 포기하기엔 늦지 않습니다. 보세요! 모비 딕은 선장님을 전혀 노리고 있지 않습니다. 선장님만 미친 듯이 쫓고 있는 것입니다."

그래도 돛을 단 보트는 바람이 부는 쪽으로 힘차게 달려갔다.

에이허브 선장은 본선이 가까워지자 난간에 몸을 기대었다. 선장은 스타벅의 얼굴이 가까이 보이자 보트를 돌려서 적당한 간격을 두고 너무 빠르지 않게 따라오라고 명령했다.

선장이 흘끔 위를 쳐다보니 태슈테고와 퀴퀘그, 대그가 세 개의 돛대 꼭대기로 급히 기어 올라가는 것이 보였다.

한편, 노잡이들은 조금 전에 뱃전에 매달아 올린 부서진 보트 두 척을 수선하는 데 여념이 없었다.

스터브와 플라스크가 갑판에 놓인 새 작살과 창 다발 사이에서 분주히 일하고 있는 모습이 눈에 들어왔다.

이런 광경을 본 에이허브 선장은 부서진 보트에서 울려 오는 망치 소리가 자신의 심장에다 못질을 하는 것처럼 느껴졌다.

모비 딕은 사흘 동안 심한 추격을 받은데다 몸에 얽힌 밧줄 때문에 지쳤는지, 헤엄치는 속도가 많이 느려졌다. 보트는 급히 다시 고래에 접근해 갔다.

에이허브 선장은 물결을 헤치며 속도를 내라고 했다. 이번에도 상어 떼가 노를 자꾸만 물어뜯어 노 끝은 톱날 모양이 되었고, 노를 저을 때마다 조그마한 조각이 바다에 튀었다.

"상관하지 마라! 저놈들의 이빨은 오히려 노받이 구실을 해 줄 거다."

에이허브 선장은 선원들에게 용기를 북돋워 주었다.

"저어라, 저어! 노를 젓기엔 물보다 상어 턱이 나을 거다."

"그러나 선장, 물어뜯을 때마다 얇은 노 끝이 점점 작아지고 있습니다."

"그만큼만 있어도 충분하다! 저어라!"

말은 이렇게 했지만 에이허브 선장도 판단이 서질 않았다.

'이 상어 떼가 고래를 먹기 위해 따라오는 것인가, 아니면 나를 먹기 위해서 따라오는 것인가.'

"하여튼 저어라!"

드디어 보트는 모비 딕의 옆구리까지 가게 되었다. 그러나 모비 딕은 아직 알아채지 못한 듯했다.

모비 딕 가까이 접근했을 때, 에이허브 선장은 자신의 몸을 활처럼 뒤로 젖히고 두 팔을 똑바로 높이 쳐든 채, 고래의 몸을 겨냥하여 힘껏 작살을 던졌다.

사실 세 명의 노잡이들은 작살이 던져지는 순간을 알아채지도 못했다. 따라서 그 뒤에 일어날 일을 대비하지 못했기 때문에 바다로 내던져지고 말았다.

다행히 세 사람 중 두 사람은 떨어지는 순간에 뱃전을 움켜잡아 다치지 않았지만 세 번째 사나이는 어쩔 수 없이 뒤쪽에 남겨졌다. 그러나 물 위에 떠서 용케 헤엄을 쳐 살아남았다.

모비 딕은 이제 적이 왔음을 직감했는지 돌진하기 시작했다. 한 바퀴 휙 돌더니 그 하얀 앞머리를 쑥 내밀었다. 자기를 괴롭히는 원흉이 그 보트인 줄 알고 갑자기 방향을 바꾸어 무섭게 돌진하는 것 같았다.

갑작스런 일이라 모두들 어찌할 바를 몰랐다.

순간 '쾅!' 하는 소리와 함께 모비 딕이 뱃머리에 부딪혔다.

"고래다! 고래가 배를!"

노잡이들이 공포에 떨며 부르짖었다.

"저어라. 노를 저어! 이것이 마지막 기회다!"

에이허브 선장은 미친 듯이 울부짖었다.

노잡이들은 선장의 명령대로 필사적으로 파도를 헤치며 돌진했다. 그러던 중, 고래 때문에 부서져 있던 두 장의 뱃머리 판자가 떨어져 나갔다.

이제 쓸모 없게 된 배는 거의 수면과 같은 높이로 가라앉았다. 선원들은 물에 반쯤 잠겨 첨벙거리면서도 쏟아져 들어오는 물을 퍼내느라 법석을 떨었다.

"모비 딕, 모비 딕이다! 키를 위쪽으로 돌려라!"

"놈이 이쪽을 향해 온다!"

"이놈 고래야, 너 웃고 있구나. 나도 널 비웃어 줄 테다."

"오오, 고래놈! 이빨을 내밀고 웃지 마라."

"그래, 한번 해보자!"

선원들은 이렇게 아우성치며 하나둘 갑판으로 모여들었다. 그들은 창과 망치, 판자 조각들을 닥치는 대로 손에 잡고 뱃머리에

서서 그 처참한 광경을 멍하니 지켜보아야만 했다. 인간의 힘으로
는 도저히 막을 수 없는 지경에 이르렀기 때문이다.

고래는 하얀 이마로 오른쪽 뱃머리를 맹렬히 들이받았다. 그러
자 선원들과 배가 동시에 비틀거리며 어떤 자는 나가떨어지고 어
떤 자는 엎어졌다.

뚫린 구멍으로 흘러 들어오는 바닷물 소리는 마치 계곡을 흐르
는 격류처럼 울려 퍼졌다.

몹시 화가 난 모비 딕은 마치 피쿼드 호가 수난의 원인을 가져온
것인 양 쉬지 않고 배를 집중 공격했다. 숨구멍으로 맹렬한 물줄

기를 뿜어내며 거대한 몸집으로 배 옆구리를 사정없이 들이받았다. 그런가 하면 이빨로 배를 닥치는 대로 물어뜯고 사정없이 광기를 부리는 바람에 배는 산산조각이 나 버렸다.

배가 차츰 바다 밑으로 가라앉기 시작했다. 다시 말해 페들러의 두 번째 예언이 들어맞은 셈이다.

그는 '아메리카에서 자란 나무로 만든 영구차'라는 말을 한 적이 있었다. 그의 예언대로 아메리카에서 만든 큰 배는 이제 마지막을 고하는 영구차처럼 영원히 사라지고 있었다.

끝맺음

모비 딕은 방향을 바꾸어 이번에는 에이허브 선장의 보트를 공격하기 시작했다. 에이허브 선장은 다시 한 번 힘껏 작살을 고래에게 던졌다.

작살은 명중했다. 작살에 맞은 고래는 아픔을 견디지 못해 몸을 심하게 비틀었다. 그 바람에 에이허브 선장은 자신이 던진 작살 밧줄에 목이 감겨 버리고 말았다.

안타깝게도 이 일로 에이허브 선장은 시체가 되어 보트 밖으로 떨어지면서 바다 밑으로 사라졌다. 바로 페들러의 세 번째 예언이 들어맞은 것이다.

그는 '에이허브 선장을 죽이는 데는 밧줄 하나면 족하다.'라는 말을 했었다.

피쿼드 호는 하중으로 인해 원추형의 소용돌이를 일으키며 서서히 모습을 감추었다. 한때, 자부심으로 꽉 차 있던 배였지만 흔적도 없이 그 영광이 사라지는 순간이었다.

나는 공포에 떨며, 영광스러웠던 배가 영영 사라져 버리는 순간을 지켜보았다. 운이 좋다고 해야 할까, 나만 살아남았다.

다행히 내가 머리를 물 위로 치켜 올렸을 때 퀴퀘그의 관으로 만들었던 궤짝이 둥둥 떠 있는 것이 보였다.

나는 구명 부표 대신 그 궤짝에 가까스로 매달려 물 위를 둥둥 떠내려갔다. 거의 하루 종일, 그 궤짝에 몸을 의지하여 물 위를 떠다녔다.

다음 날, 나는 멀리 있는 돛단배 한 척을 보았다.

"여기요, 여기!"

나는 필사적으로 두 손을 들어 흔들었다.

그 배가 좀 더 가까이 다가왔을 때 나는 라첼 호의 돛이라는 것을 알아차렸다. 그 배는 실종된 아들을 찾기 위해 아직도 이곳저곳을 떠돌아다니고 있었던 것이다. 아들을 찾아다니던 그 배는 아들 대신 나를 찾았다.

결국 우리 배에서 살아남은 선원은 나 혼자뿐이므로, 내가 피쿼

드 호와 에이허브 선장에 대한 이야기를 해 주었다. 온 세상의 대양을 누비며 모비 딕을 잡기 위해 모험을 한 이야기, 그리고 고래 사냥을 하던 선장의 슬픈 이야기…….

이 이야기는 이렇게 끝을 맺었다.

세계^계명^작 시리즈와 함께 논리·논술 Level Up!

● **이해 능력 Level Up!**

1. 이스마일이 배를 타게 된 이유는 무엇인가요?

 1) 선원이 되어 바다 모험을 하고 싶어서

 2) 돈을 많이 벌기 위해서

 3) 선상 요리사가 되기 위해서

 4) 고래에 대해 연구하기 위해서

 5) 모비 딕을 잡기 위해서

2. 이스마일이 밑줄 친 것처럼 생각한 이유는 무엇인가요?

> 포경선(고래잡이배)을 타려는 어부들은 대부분 이 뉴베드퍼드에 머물
> 렀다가 배를 타고 항해를 떠나지만, 나는 그렇게 하고 싶지 않았다. <u>낸
> 터킷에서 떠나는 배가 아니면 타지 않기로 결심을 했기 때문이다.</u>

 1) 고래잡이배가 최초로 출항한 항구이기 때문에

 2) 작은 항구가 처음 경험하기에 좋을 것 같기 때문에

 3) 자기가 타고 싶었던 배가 낸터킷에 있었기 때문에

4) 뉴베드퍼드에는 큰 배가 있고 낸터킷에는 작은 배가 있었기 때문에

5) 낸터킷에서 배를 타야 사고가 안 날 것 같아서

3. 이스마일이 작살잡이 퀴퀘그를 처음 만난 곳은 어디인가요?

1) 낸터킷 여인숙에서

2) 뉴베드퍼드의 항구에서

3) 뉴베드퍼드의 피터 코핀 여인숙에서

4) 낸터킷 항구의 피쿼드 호에서

5) 낸터킷 항구의 라첼 호에서

4. 다음과 같은 일이 일어난 것은 무엇 때문인가요?

> 내가 퀴퀘그와 부둣가를 향해 걸어가는데 사람들이 우리를 힐끔힐끔 쳐다보았다.

1) 퀴퀘그의 얼굴에 문신을 했기 때문에

2) 백인이 미개인과 나란히 사이좋게 걸어가는 것이 이상해서

3) 퀴퀘그가 야만인처럼 굴었기 때문에

4) 이스마일이 손수레를, 퀴퀘그는 작살을 들고 갔기 때문에

5) 퀴퀘그가 손수레를 짊어지고 갔기 때문에

5. 다음 밑줄 친 것은 무엇을 가리키나요?

퀴퀘그는 도무지 산 사람 같지 않았다. 몸은커녕 눈동자도 전혀 움직이지 않았기 때문이다.
'이것이 퀴퀘그가 말하는 <u>라마단</u>이란 말인가?'

1) 종교 단체의 이름이다.

2) 퀴퀘그가 믿는 종교이다.

3) 기도하는 종교 의식이다.

4) 이슬람교의 종교 의식인데 단식과 고행하는 의식이다.

5) 흰 고래를 잡아 제물로 바치는 종교 의식이다.

6. 피쿼드 호의 선장은 누구인가요?

1) 가디   2) 스타벅   3) 스터브

4) 페들러   5) 에이허브

7. 퀴퀘그는 왜 병이 났나요?

1) 기후에 적응하지 못했기 때문에

2) 늘 불결한 선상 생활 때문에

3) 새는 통을 틀어막는 작업을 하기 위해 자진해서 화물 창고로 내려갔기 때문에

4) 감기에 걸렸기 때문에

5) 라마단을 너무 심하게 했기 때문에

8. 다음은 어떤 고래에 대한 본문의 설명을 옮겨 놓은 것입니다.
( ) 안에 들어갈 고래 이름은 무엇인가요?

이 고래는 아주 예민해서 사람과의 접촉을 달가워하지 않는다. 따라서 바다 위에서 살다시피 하는 어부들 중에서도 (   )를 보았다는 사람은 많지 않다.

1) 혹등고래
2) 참고래
3) 향유고래
4) 상어고래
5) 긴수염고래

9. 모비 딕을 봤다는 첫 소식은 누구로부터 들었나요?

1) 사무엘 엔더비 호
2) 라첼 호
3) 제로보암 호
4) 바첼러 호
5) 제너럴 셔먼 호

10. 이 소설의 끝부분에서 이스마일을 구해 준 배는 무엇인가요?

   1) 제로보암 호

   2) 메이 플라워 호

   3) 라첼 호

   4) 바첼러 호

   5) 사무엘 엔더비 호

11. 피쿼드 호에서 에이허브 선장에게 다음과 같이 말한 선원은 누구인가요?

   > "오늘이 사흘째입니다. 지금도 포기하기엔 늦지 않습니다. 보세요! 모비 딕은 선장님을 전혀 노리고 있지 않습니다. 선장님만 미친 듯이 쫓고 있는 것입니다."

   1) 이등 항해사 스터브

   2) 일등 항해사 스타벅

   3) 삼등 항해사 태슈테고

   4) 선장과 함께 있는 페들러

   5) 검둥이 소년 핍

12. 라첼 호의 가디너 선장이 에이허브 선장에게 부탁한 것은 무엇인가요?

   1) 모비 딕을 추격하는 데 도와줄 것을 요청했다.

2) 가디너 선장의 아들이 탄 보트가 실종된 것을 찾아 달라고 요청했다.

3) 불길한 예감이 드니 고향으로 함께 돌아가자고 요청했다.

4) 모비 딕을 추격하는 일은 그만두고 함께 향유고래나 잡자고 요청했다.

5) 고향으로 보내는 우편물을 전해 달라고 요청했다.

13. 피쿼드 호라는 이름은 어떻게 짓게 되었나요?

1) 예로부터 전해져 내려온 이름이다.

2) 고래의 이름을 따서 지었다.

3) 매사추세츠 인디언족의 이름을 따서 지었다.

4) 뉴잉글랜드 항구의 이름을 따서 지었다.

5) 신화에 나오는 고래의 신 이름을 따서 지었다.

14. 다음 글에 나타난 에이허브 선장의 성격은 어떤가요?

"우리가 이 살인적인 괴물을 눈으로 직접 보고도 계속 추격해야 합니까?"
그는 여전히 근심 어린 표정으로 말을 이었다.
"이러다간 우리 모두 모비 딕의 희생물이 될 것입니다."
그러자 에이허브 선장이 소리쳤다.
"나는 계속할 걸세!"

1) 하나밖에 모르는 미련한 사람이다.

2) 다른 사람의 말을 듣지 않는다.

3) 집착이 강하다.

4) 건방지다.

5) 마음이 아주 약하다.

15. 다음은 에이허브 선장이 한 말입니다. ( ) 안에 들어갈 말은 무엇인가요?

"이 ( )가 보이는가? 머리에 주름이 잡히고 턱이 비뚤어진, 대가리가 하얗고 오른쪽 옆구리에 구멍이 세 개 뚫린 고래를 발견한 사람에게는 이 ( )를 주겠다!"

1) 고래잡이배   2) 모비 딕의 뼈   3) 고래기름

4) 고래고기   5) 금화

● 논리 능력 Level Up!

1. 이 이야기의 줄거리를 200자로 요약해 원고지 사용법에 맞게 써 보세요.

2. 다음은 검둥이 소년 핍에 대한 글입니다. 이 글에서 알 수 있는 핍의 성격은 어떤지 써 보세요.

> 핍은 어느 날 올라타서는 안 되는 보트에 올라타는 만용을 부렸다. 보트는 용감하고 몸도 크고 강한 사람만이 탈 수 있었다. 핍처럼 나이가 어리고 겁이 많은 사람은 배에 남아 당번을 하는 것이 불문율처럼 전해지고 있었는데, 그것을 어긴 것이다.

3. 이 이야기에서 가장 중심이 되는 등장인물은 누구인가요?

4. 퀴퀘그의 고향 풍속대로 우정을 나타내는 방법은 무엇인가요?

5. 이 이야기의 주제는 무엇인가요?

6. 다음 글에서 밑줄 친 말이 들어맞았다고 한 이유는 무엇인가요?

페들러의 두 번째 예언이 들어맞은 셈이다. 그는 '아메리카에서 자란 나무로 만든 영구차'라는 말을 한 적이 있었다. 그의 예언대로 아메리카에서 만든 큰 배는 이제 마지막을 고하는 영구차처럼 영원히 사라지고 있었다.

7. 이 이야기에서 스타벅의 역할은 무엇이었나요?

8. 이스마일과 퀴퀘그는 무엇 때문에 친해질 수 있었나요?

_____

_____

_____

9. 다음 글을 읽고 사람들이 밑줄 친 것과 같은 행동을 하는 이유
   는 무엇인지 써 보세요.

예를 들어 '나는 작살잡이입니다.' 하고
소개를 하면 사람들은 슬슬 자리를 피하
곤 했다.

_____

_____

_____

1. 이 이야기의 주요 인물인 에이허브 선장에게 편지를 써 보세요.

2. 다음 글을 읽고 여러분은 지은이의 가치관에 대해 어떻게 생각하는지 써 보세요.

> 나는 오래전부터 누가 어떤 종교를 믿든 개의치 않았다. 다른 사람이 보기에는 하찮고 우습게 보일지라도, 당사자들은 진지하고 심각할 것이기 때문에 최대한 경의를 표했다. 모든 사람에게 신앙의 자유가 주어졌다는 사실을 나는 아주 다행으로 여겼다.

3. 다음 글을 읽고 '편견'이라는 제목으로 글을 써 보세요.

> 나는 즉시 내 친구 퀴퀘그를 데리고 갔다. 하지만 선주는 퀴퀘그의 생김새를 쓱 훑어보더니 단번에 거절했다.
> "이 배에는 절대 미개인을 태울 수 없네!"

4. 에이허브 선장이 모비 딕에 대한 복수를 포기하고 오히려 모비 딕을 용서했다면 이야기는 어떻게 되었을까요? '복수와 용서'에 대해 여러분의 생각을 자유롭게 써 보세요.

풀이

이해 능력 Level Up!

1. 1)	2. 1)	3. 3)	4. 2)	5. 4)
6. 5)	7. 3)	8. 5)	9. 3)	10. 3)
11. 2)	12. 2)	13. 3)	14. 3)	15. 5)

논리 능력 Level Up!

1.

	에	이	허	브		선	장	은		거	대	하	고		난	폭	한		흰	∨
고	래		모	비		딕	에	게		한	쪽		다	리	를		잃	은		
후		모	비		딕	을		잡	고	야		말	겠	다	는		생	각	으	
로		포	경	선		피	쿼	드		호	를		타	고		항	해	를		
떠	난	다	.		모	비		딕	을		쫓	아		대	서	양	,		태	평	양	,
인	도	양	을		항	해	하	던		중		겨	우		모	비		딕	과	∨
만	나		3	일	간	의		사	투	를		벌	이	지	만		결	국		
모	비		딕	과		함	께		에	이	허	브		선	장	은		물	론	∨
이	스	마	일	을		제	외	한		모	든		선	원	이		바	다	에	∨
빠	져		죽	고		만	다	.												

2. 피쿼드 호에서 가장 나이 어리지만 자기가 할 수 없는 일에 도
전하는 도전 정신을 가지고 있다.

3. 에이허브 선장

4. 서로의 이마를 맞대어 비비면서 가진 것을 똑같이 둘로 나누어 가진다.

5. 반항, 복수, 우정, 의무(각자의 역할), 죽음

6. 배가 가라앉아 사람들이 죽었기 때문이다.

7. 에이허브 선장에게 모비 딕에 대한 지나친 강박 관념을 버리도록 권유하며 집착의 무의미함을 깨우쳐 주었다.

8. 넓고 신비로운 미지의 바다를 경험하고 싶은 욕망이 같았기 때문에

9. 사람들은 선원이 거칠고 투박하다고 생각해 얕보기 때문이다.

논술 능력 Level Up!

1. 예시 : 에이허브 선장님, 안녕하세요? 선장님은 모비 딕을 잡겠다는 집착이 너무 강해서 자신은 물론 피쿼드 호의 선원들까지도 모두 바다에서 죽게 만듭니다. 모든 선원들의 생사를 책임져야 할 선장이 개인의 욕망에 사로잡혀 비극적인 결과를 낳게 했습니다. 잘못된 생각과 욕망 때문에 다른 사람에게 피해를 주는 것은 옳지 않은 행동이라고 생각합니다. 이제는 모비 딕을 용서해 주시고 마음을 편히 가지세요.

2. 예시 : 나는 이 생각에 찬성한다. 이 세상에는 정말 다양한 문화가 있으므로 각각의 문화를 존중해 주어야 한다고 생각한다. 아무리 소수의 문화라 해도 그들만의 소중한 전통이기 때문에 우습게 볼 수는 없다.

3. 예시 : 어떤 사람의 겉모습이나 출신, 직업 등을 보고 그 사람에 대해 판단하는 것은 아주 잘못된 행동이라고 생각한다. 그것들은 어느 정도 영향을 미칠지는 모르지만 모든 사람에게 해당되는 것은 아니다. 물론 편견을 버리는 것은 아주 힘든 일이다. 조금씩 편견을 없애려면 경험을 많이 하는 것이 중요하다고 생각한다.

4. 예시 : 누군가에게 부당하게 억울한 일을 당했을 때 우리는 그것을 반드시 되갚아 주고 싶어진다. 즉 어떻게든 복수를 하려고 한다. 그런데 복수를 하고 난 뒤에는 속이 후련하고 즐겁지만은 않다. 오히려 마음을 비우고 그 사람을 용서했을 때 기쁨은 더욱 클 것이다. 가장 큰 복수는 용서라는 말도 있다. 복수는 또 다른 복수를 낳을 뿐이지만 용서는 사랑을 가져온다. 에이허브 선장도 모비 딕을 용서하고 자신의 풍부한 고래잡이 경험을 살려 고래 잡는 일에만 충실했다면 그렇게 비참한 최후를 맞이하지는 않았을 것이다.

초등학생이 꼭 읽어야 할 세계 명작 시리즈